COLLECTION S.FISCHER

In den Prosastücken *Zwanzig nach drei* hält Clemens Eich Augenblicke aus dem Leben verschiedener Menschen fest. Da gibt es den ›ältesten Schüler der Region‹; den Angestellten einer Krankenkasse, der alles tut, um anonym zu bleiben; die junge Frau, die in einem Lichthof endet; den Mitarbeiter einer Lebensberatung in Nordhorn etc. Ihnen gemeinsam ist, daß sie kein Ziel vor Augen haben, sondern nur die Ziellosigkeit. Ihre Kraft beziehen sie aus der Angst und der Entscheidungslosigkeit, so daß sie sich nicht sicher sind, ob es sie wirklich gibt. Sie nehmen ihre Erinnerungen und Wahrnehmungen zur Kenntnis, mißtrauen ihnen aber zu wenig oder zu sehr. Jemand ahnt den ärgsten Feind in sich und sucht ihn doch woanders. Manche von ihnen könnten noch einmal von vorne anfangen und lassen es, andere fangen noch einmal von vorne an in der Hoffnung, bald wieder an demselben Punkt anzulangen, von dem aus sie noch einmal von vorne anfangen können. Ihr eigentliches Umfeld aber, ihre – fast könnte man sagen – Heimat ist die Sprache selbst. Denn es gibt diese Erzählungen und Geschichten über sie. Diese Texte sind aus der Position eines Beobachters geschrieben, der sich, auch wenn er direkt an der Handlung beteiligt ist, wie ein Fotograf verhält, der die Texte durch seine Kamera beobachtet und festhält, um dann die Kamera umzudrehen und auf oder gegen sich selbst zu richten.

Clemens Eich

Zwanzig nach drei

Erzählungen

S. Fischer

**COLLECTION
S.FISCHER**

Herausgegeben von
Thomas Beckermann

Band 56

Originalausgabe:
Veröffentlicht im Fischer Taschenbuch Verlag GmbH
Frankfurt am Main, Oktober 1987
Umschlagentwurf: Rambow, Lienemeyer, van de Sand
Gemälde: Richard Oelze,
›Stilleben mit weißem Teller und bunten Kugeln‹,
Privatbesitz, Bern
Gesamtherstellung: Wagner GmbH, Nördlingen
Printed in Germany 1987
ISBN 3-596-22356-3

für Ilse Aichinger
und Günter Eich

Shelley sah, kurze Zeit bevor er starb, oft einen Mann – durch einen weiten Umhang wie zu einer blinden Mauer gemacht –, der ihn mit unwiderstehlichem Nachdruck aufforderte, ihm zu folgen. Der Umhang glitt ihm auf einmal herunter, und Shelley sah in dem anderen sich selbst, der mit abstoßendem Gesicht zu ihm sagte: »Bist du nun zufrieden?«

Guido Ceronetti

Dürfen

Ich darf nicht. Meine Eltern sind gestorben. Deshalb darf ich nicht. Ich habe keine Verwandten. Ich muß die Kinder erziehen, denn ich bin Lehrer. Ich darf das nicht. Ich wohne in Brüssel. Mein Lieblingskomponist heißt Mozart. Mein Lieblingsdichter heißt Hölderlin. Mein Lieblingsmaler heißt Renoir, doch das geht alles nicht, denn die Eltern sind verstorben. Kein Hören, kein Sehen. Manchmal komme ich nach Deutschland. Ich muß die Kinder erziehen, ich besuche die Feiern, verschiedene Feiern, Einweihungsfeiern von Turnsälen, Abschlußfeiern der Schulklassen, bevor sie ins Leben ziehen, Tauffeiern, Hochzeiten. Begräbnisse meide ich.

Ich benütze die Vorortbahnen. Mein Auto steht in der Garage. Auf gewissen Feiern treffe ich alte Freunde, die von früher, als ich der gleiche wie heute war. Wir vermeiden uns in die Augen zu sehen. Wir sprechen französisch. Schnell verabschieden wir uns wieder. Alle Feiern verlasse ich frühzeitig, komme jedoch pünktlich. Ich liebe Feiern. An jedem zweiten Wochenende besuche ich eine Frau in Liège. Ich verbringe die Tage bei ihr, übernachte jedoch in einem Hotel. Ich bin sechsunddreißig Jahre. Ich darf nicht so alt sein. Ich darf nicht so jung sein. Das Grab meiner Eltern besuche ich einmal im Jahr. Es befindet sich auf dem Cimetiere de Molenbeek, einem Friedhof, den ich nicht liebe. Ich wohne nicht weit da-

von, in der Nähe des Gare de l'Ouest. Ich besuche das Grab nur, weil ich muß.
Meine Eltern sind vor elf Jahren gestorben. Durch einen Autounfall während einer lange geplanten Erholungsreise in der Nähe von Grenoble. Beide waren sie sofort tot, wurde mir mitgeteilt.
Ich weiß, daß ich eine traurige Gestalt in einem ebenso traurigen Spiel bin. Ich trage am liebsten helle, sommerliche Anzüge und spiele perfekt Billard. Doch ich darf nichts.

Wiederverlorene Tage

Aus dem Äther der Vergessenheit stieg am Horizont die verbliebene Erinnerung auf. Die Erinnerung an Vertanes. Die letzten Sonnenstrahlen fielen auf ihr Haar, während die Vögel draußen vor dem Fenster in Sturzflügen auf die faulenden Kadaver stießen.
Er griff nach den Zigaretten, diese ebenso fahrige wie vertraute Geste gab ihm etwas von seiner früheren Kraft wieder, die Sicherheit des Einstudierten. Er sah an seinem Körper herab, wie er dalag, arbeitete und noch lebte. Er betrachtete das Mädchen. Ihre Nasenflügel bebten leicht, die Sonnenstrahlen auf ihren Haaren waren verschwunden, die Dämmerung lag auf ihrem Nacken.
Die harten, gierigen Schreie der Vögel draußen waren verstummt, angsterfüllte Stille lag über der Stadt, die lastende, unausgesprochene Frage nach der kommenden Nacht. Leise ging ihr Atem. Wieder spürte er den Druck auf seiner Brust und hastig drückte er die Zigarette aus. Er stand auf und öffnete ein Fenster. Ein Pesthauch schlug ihm entgegen und rasch schloß er das Fenster wieder. Wie lange würde es noch weitergehen? Leise ging er in die Küche und schaltete das alte Transistorradio an, das ihn nun schon lange begleitete. Die Stimme des Nachrichtensprechers war gerade am Ende eines Satzes angelangt: ». . . betonte er.« Dann folgten die Zeitansage und leichte Tanzmusik. Er ließ das Gerät eingeschaltet

und öffnete eine Dose Mandarinen, die er langsam auslöffelte, während er auf die Weltkarte an der Wand starrte. Als die verschiedenen Farben der Länder und Kontinente vor seinen Augen zu verschwimmen begannen, schaute er weg. Er wusch die leere Dose aus und gab sie zu den anderen.

Von der Küche aus konnte er über einen Teil des Parks sehen. Sie hatten ihn bereits vor drei Wochen abgeriegelt. Zu Beginn war er von bewaffneten Wachtposten umringt gewesen, die dann im Lauf der nächsten Tage wieder abgezogen worden waren. Jetzt stand ein Panzer vor dem Haupteingang. Er ging zurück ins Schlafzimmer. Eigentlich war es sein Arbeitszimmer, aber er hatte schon lange nichts mehr getan, die Blätter lagen auf dem Tisch herum und Staub sammelte sich darauf.

In den letzten Wochen hatten sie beide fast ausschließlich geschlafen. Er legte sich wieder zu ihr. Das Zimmer lag schon beinahe im Dunkeln, ein Rest von Dämmerung hing noch in der staubigen Luft. Einen Augenblick lang dachte er daran, die Nachttischlampe anzuknipsen und zu lesen, wie in alten Zeiten. Den Artikel über die einstige Bedeutung von Grado und Aquilea, an den er schon seit Tagen und Nächten dachte, den Fliegerroman aus dem Zweiten Weltkrieg, den ihm sein bester Freund zum Abschied geschenkt hatte. Es war sein Lieblingsbuch gewesen. Er dachte an die unaufhaltsame Vernichtung, der sie alle ausgeliefert waren. Im Augenblick konnte er sogar ruhig darüber nachdenken, beinahe kühl analysieren. Er wußte, das ging vorbei. Er ließ das Licht aus.

Sie hatte sich auf den Rücken gedreht, ihr Atem ging heftiger, sie stöhnte leise und begann sich hin und her zu wälzen.

Als sie sich kennengelernt hatten, konnten sie noch im Freien spazierengehen. Sie waren jetzt ungefähr drei Monate zusammen. Sie hatten die Tage der ersten Zeit in den Garten- und Parkanlagen der Stadt verbracht und Pläne geschmiedet. Manchmal hatten sie sich betrunken, abends, dann waren sie lachend durch die Gassen und Straßen und über die Plätze gerannt, hatten Fangen gespielt und waren erschöpft und atemlos stehengeblieben, um einander in die Arme zu fallen. Heute gingen sie nur noch im Traum spazieren.

Sie lag ihm jetzt mit dem Gesicht zugewandt, aber in der Dunkelheit konnte er nicht erkennen, ob sie ihn ansah oder ihre Augen geschlossen waren. Er knipste die kleine Lampe an. Sie hatte die Augen geschlossen und schien zu schlafen.

Ihre Haare waren strähnig und fett, die Wangen glänzten rosig, vor ihren Nasenlöchern tanzte ein kleiner Zipfel der Bettdecke. Sie schlief schon sechs Stunden, es ging gegen acht Uhr abends. Er versuchte nicht sie zu wecken.

Schon drei Wochen und erst drei Wochen waren vergangen, seit sich das Bild dieser Zeit und das Bild dieser Welt schlagartig zu einer eisigen Fratze gewandelt hatte. Oder hatte sich die Welt nur endlich so gezeigt, wie sie in Wirklichkeit immer ausgesehen hatte? Was hätte ihnen früher auffallen müssen?

Er erinnerte sich an die verschiedenen Alarmstufen der ersten Tage, wie lächerlich erschienen sie heute.

In der ersten Nacht hatten sie aus einer finsteren, engen Gasse heraus, in die sie sich geflüchtet hatten, beobachtet, wie sie die Gefangenen vor sich hergetrieben hatten. Über eine Stunde waren sie vorbeigezogen, schweigend und schreiend. Als es vorüber war, hatten sie lange nicht gewagt sich zu rühren und waren dann endlich auf Umwegen nach Haus geschlichen. Dennoch hatten sie alle diese ersten Erlebnisse als eine Art Abenteuer empfunden, als Herausforderung und Wagnis. Das schien Jahre her zu sein. Er sprang vom Bett auf zum Fenster hin und zog rasch die Rollos herunter und die Vorhänge zu. Zitternd setzte er sich auf die Bettkante. Hatte sie etwas gesagt? Er sah sich um, sie hatte sich auf die andere Seite gedreht.

Die Nacht begann, wieder das Warten, die Versuche zu schlafen und die Versuche aufzuwachen, die plötzlichen Lichter, die kein Licht brachten, das Schreien und Brüllen und im Morgengrauen der lauernde, menschenleere, lichtlose Tag. Die Erinnerung an die letzten Schreie auf den Straßen, die Todesschreie.

Er ging wieder in die Küche und sah auf den verlassenen Park hinunter, der sich trotz Verödung und Verwüstung noch einen Rest von Zauber einer scheinbar lange vergangenen Zeit bewahrt hatte. Ein leichter Regen hatte eingesetzt, der Panzer glänzte in einem schwachen Licht, von dem er nicht wußte, wo es herkam.

Glas splitterte, etwas pfiff ihm um die Ohren, er warf sich instinktiv zu Boden oder wurde zu Boden geschleudert. Dann war es still. Als sich der Schleier vor seinen Augen zu lösen begann, sah er, daß das Fenster zersplittert war. In der gegenüberliegenden Wand befanden sich Einschußlöcher. Keuchend kroch er auf allen vieren zurück ins Schlafzimmer.

Er hatte gewußt, daß sie Wachtposten aufstellen, aber die letzten waren vor ungefähr vierzehn Tagen verschwunden, er hatte nie mehr einen gesehen, und an den Anblick des Panzers hatte er sich gewöhnt, schließlich nahm er ihn kaum mehr wahr.

Das Mädchen war von dem Lärm nicht aufgewacht. Sie hatte

sich die Decke zur Gänze über den Kopf gezogen und schnarchte leise.
Er setzte sich auf den Boden und holte unter dem Bett die Schachtel mit seinen alten Ansichtskarten und Briefen hervor. Während er sich darin vertiefte, bohrte er abwechselnd zwischen seinen Zehen und in der Nase, eine der vielen Gewohnheiten, die er aus seiner Kindheit behalten hatte. Ansichten vom Matterhorn, vom Attersee und eine halb zerrissene Karte mit verschiedenen, kleinen Abbildungen von Stuttgart hatte er zufällig als erstes in die Hand genommen. Die älteste Karte war die vom Matterhorn, die in ihrer Zerknitterung schon fast archaische Züge angenommen hatte, mit vier hatte er sie bekommen, vor über fünfundzwanzig Jahren, datiert und abgestempelt vom Postamt Zermatt. Ein Bündel alter Liebesbriefe, mit einem Seidenband zusammengehalten, öffnete er gar nicht erst.
Die Karten und Briefe, die ihm sein Vater geschrieben hatte, viele waren es nicht, hatte er in ein weißes Kuvert gesteckt, das an den Ecken eingerissen war. Eine Karte aus Jerusalem, eine aus Toledo, ein Brief mit beigelegten Photos aus New York – sein Vater war viel auf Reisen gewesen –, er richtete sich auf um nach ihr zu sehen. Sie hatte sich abgedeckt, das Nachthemd war verrutscht, diese ungeschickte Blöße ließ ein Verlangen in ihm aufsteigen, das er fast im gleichen Augenblick schon wieder unterdrückt hatte. In den ersten Wochen hatten sie auf eine beinahe schüchterne Weise miteinander geschlafen. In den vergangenen drei Wochen hatten sie sich kaum mehr berührt.
Er wollte sich seinen Ansichtskarten zuwenden, als er sah, daß aus ihrer Nase Blut floß, er beugte sich über sie, sie atmete ruhig, es war nicht viel Blut, ein dünnes Rinnsal, aber es

versiegte nicht, gleichmäßig wie ein winziger Bach lief es über ihre Wange und tropfte in langsamen Abständen auf das Leintuch. Im Bad, einer dreckigen, finsteren Höhle, befeuchtete er ein Taschentuch – daß noch Wasser aus der Leitung kam, wunderte ihn immer wieder –, auf der Schwelle zum Zimmer blieb er stehen, starrte auf ihren blutüberströmten, blutverschmierten Körper, sie schien in einem Meer von Blut zu liegen, zu schwimmen. Er hielt sie für tot. Er mußte lange Zeit so dagestanden und sie angestarrt haben, hilflos, erschrocken und abwesend. Als er erwachte, war sein Gesicht ganz nah über dem ihren, so daß er sie hätte küssen können, er fühlte ihren Atem auf seinen Lippen. Seine Hände waren von ihrem Blut verschmiert, doch sie schien zu schlafen. In einem Nebenmoment sah er, daß das Bluten aus der Nase aufgehört hatte. Es war ihm nicht wichtig oder nicht wichtig genug. Er sah auf den Wecker, einen kleinen Reisewecker, auf dem man die Weltzeit errechnen konnte – ein Spiel, das sie gemeinsam gern gespielt hatten –, es war nach elf. Er rüttelte sie an den Schultern, mit der ihm eigenen, ungeduldigen Brutalität. Sie schlug die Augen auf und sah ihn aus einer fernen, ihm fremden Welt vorwurfsvoll und verwundert an. »Warum weckst du mich?« Mit unbestimmtem Blick sah sie in Richtung Lampe und Wecker.

»Du blutest«, antwortete er mit zitternd gespielter Beiläufigkeit. Sie sah an sich herunter, von Blut war nichts zu sehen, nicht die geringste Spur davon zu entdecken, nicht einmal ein Tropfen. »Ich blute?« fragte sie nur. Und dann mit einschlafender Stimme und schon geschlossenen Augen: »Wann gehen wir essen?«

Sie war wieder eingeschlafen. Weder war er besonders fassungslos noch besonders beunruhigt über seine Halluzination, denn etwas anderes als eine Halluzination konnte es schwerlich gewesen sein. Halluzinationen waren bei diesem letzten Zustand der Erde und ihrer verbliebenen Bewohner nichts Ungewöhnliches, eher eine ziemlich normale Begleiterscheinung, die man anzunehmen hatte, und er hatte Blut gesehen, wo kein Blut war, oder er hatte kein Blut gesehen, wo Blut war. Das war alles.

Er geriet in einen gefährlichen Zustand, das war ihm klar, wenn das Blut eine Einbildung war, was war dann keine Einbildung? Waren der Schuß oder die Schüsse, waren die zerbrochenen Fensterscheiben auch Einbildung gewesen?

Er sah auf das Gesicht des Mädchens, auf das kleine Mal links von der Nase, auf den zarten Flaum über ihren Lippen, auf ihre Augenlider, hinter denen sich ein neuer Traum verbarg. Während er mit langsamen Schritten in die Küche ging, überlegte er, ob er sich das Gehen in die Küche auch einbildete; und die Überlegung darüber.

Die Scherben und Splitter lagen auf dem Fensterbrett und über den Boden verstreut, das alte Transistorradio lief noch immer, ein Feature über den postmodernen Zeitgeist. Alle Sendungen, inklusive der Nachrichten, mußten von alten Bändern kommen, er glaubte nicht, daß noch lebende Livemoderatoren oder -sprecher existierten. Er schaltete ab. Wieder bekam er diese Lust auf Mandarinen aus der Dose, in den letzten Tagen hatte er Unmengen von Mandarinen aus der Dose in sich hineingeschlürft. »Meine Untergangsmandarinen« nannte er sie zärtlich. Noch zirka fünfzig Dosen waren da. Die leeren Dosen stapelte er, damit sich der Geruch des restlichen Mandarinensirups ausbreitete.

Durch das Loch im Fenster drang der bestialische Gestank von draußen. Er riskierte einen Blick in die Nacht, in der

Finsternis war kaum etwas auszumachen, nichts rührte sich, nur das kahle Geäst der Parkbäume schwankte vor einer schwarzen Wand im Wind. Entschlossen griff er zu einer weiteren Dose Mandarinen, öffnete sie hastig und begann gierig zu schlürfen.

Die Küche war einmal weiß gewesen, hatte aber in zunehmendem Maß zu vergrauen begonnen und war in den letzten Wochen langsam und unaufhaltsam total verdreckt. Klebriger, brauner Staub lag auf Gegenständen und Geräten, schmierigstes Geschirr türmte sich im Ausguß, aus dem winzige, segelnde Insekten aufstiegen. Gleichgültig blickte er darauf, vielleicht war auch das dreckige Geschirr Einbildung, sicher aber das saubere.

Erinnerung setzte ein, während aus der Ferne ein langgezogener, jaulender Ton zu hören war, doch er hörte ihn schon nicht mehr, er starrte in den Mandarinensirup. Gehaßtes, Gleichgültiges, Geliebtes. Er tauchte ein, die Erinnerung stieg in ihm auf, die alten, vertrauten Bilder und fremde, neue, die hinzukamen, hielten inne und gingen vorbei, und noch fernere zogen vorüber.

Ein kleiner Vogel war in die Küche geflogen und stieß bei seinen verzweifelten Irrflügen gegen die Wände. Er versuchte ihn zu fangen, er hatte vergessen, wo und wann er war, er war vier, fünf oder sechs Jahre alt und er fing einen Vogel, an einem Ort oder an vielen Orten oder an allen Orten.

Aufgeregt sprang er in der Küche herum, während der Vogel immer panischer in alle ihm möglichen Richtungen floh.

Er tanzte auf der sonnenüberfluteten Wiese, immer wieder entglitt ihm der Vogel, der seinem Käfig entflogen war. Er hüpfte durch die Sonnenstrahlen, lief zwischen den Sträuchern hindurch, an einer Sandkiste vorbei, mit halbem Aug nahm er einen grünen Kübel, seine blaue Schaufel, das rote Sandsieb wahr, dem winzigen Vogel hinterher, der auf einmal in den Bäumen verschwunden war, noch immer lachend, keuchend und jauchzend drehte er sich rascher zwischen den Apfelbäumen, Kirschbäumen, taumelnd aus einem Schwindel heraus knallte er mit seinem Kopf gegen einen Stamm ... Stein ...

In der Hand einen toten Vogel, stand er still, er war gegen einen Wandschrank gerannt, aus seinem Mund quoll Blut.

In seinem Innersten, irgendwo da, empfand er so etwas wie Reue. Er wußte nicht warum, wegen des toten Vogels?

Um was war es gegangen? Er konnte sich nicht erinnern. Um was ging es? Er wußte es nicht.

Die Detonation erfolgte im gleichen Augenblick, als er begriff, daß es um das schlafende Mädchen ging. Er kam nicht mehr bis in ihr Zimmer. Das Haus war zerborsten. Nachher fand man das Bett in den Trümmern.

Feind

Heute sieht der Fluß wie ein Meer aus. Am Ufer wartet der Feind, daß meine Schuhe vorbeischwimmen. Er scheint Geduld zu haben, mein Feind. Ich kenne ihn nicht, ich weiß nichts von ihm, nicht einmal wie er aussieht oder heißt, aber eine unbekannte Stimme sagte mir gestern Nacht, daß er täglich am Flußufer nach meinen Schuhen Ausschau hält, das wäre dann das sichere Zeichen für ihn, daß ich tot bin. Ich versuche ihn mir vorzustellen. In meiner Vorstellung ist er blond, mit großen Augen, aufgedunsen. Das Bild verschwimmt. Ist der Feind ein Mann oder eine Frau? Was hat er für einen Beruf?
Auch diese Stimme habe ich früher niemals gehört, ich könnte nicht einmal sagen, ob es sich um eine männliche oder weibliche Stimme handelt. Aber seitdem ich sie hörte, spüre ich fast körperlich, wie mein Feind lauert, wie er geduldig wartet, um im entscheidenden Moment zuschlagen zu können. Will er mich einfach ohne Grund auslöschen? Oder hat er seine Gründe, die mir unbekannt bleiben? Warum frage ich soviel? Ich werde keine Antworten auf diesbezügliche Fragen bekommen, davon bin ich überzeugt. Im Augenblick bleibt mir nichts anderes übrig, als meiner Arbeit weiter nachzugehen. Eine Spur fürchte ich mich vor der kommenden Nacht, ich bin zur Zeit allein im Haus, meine Frau ist mit den Kindern zu Verwandten in den Norden gefahren, und der nächste Nachbar ist gut einen Kilometer entfernt.

Am späteren Nachmittag gehe ich noch am Fluß entlang, natürlich sehe ich niemanden, außer einem befreundeten Ehepaar beim Spaziergang. Wir unterhalten uns nur kurz, es beginnt kühl zu werden. Am Abend trinke ich und lese, aber mir wird nicht gemütlich.

In der Nacht geschah nichts, ich schlief zwar schlecht und hatte einige unangenehme Träume, aber ich hörte keine Stimme und bemerkte auch sonst nichts Außergewöhnliches.

Um halb sechs bin ich aufgewacht und gleich aufgestanden. Vom gegenüberliegenden Flußufer blökten die Schafe, ein Hund schlug an, sonst war es still. Ich bin in die Küche gegangen und habe zwei Tassen Milchkaffee getrunken und eine Buttersemmel darin eingetaucht. Um halb sieben, kurz nach halb sieben, ging ich zum Fluß. Der morgendliche Nebel beherrschte noch die Landschaft. Ich traf einen Angler, dann eine Bäuerin, dann ein Kind. Ich kam an dem Schild »Betreten auf eigene Gefahr«, vorbei, ich sah alles, was ich kannte. Ich begann zu stolpern. Ich stolperte mehrmals. Ich stolperte aus purer Angst, denn ich bin ein geübter Geher. Als mir eine Gestalt entgegenkam, wußte ich nicht, daß es nicht aus ist. Wieder stolperte ich und verlor dabei einen Schuh. Als die Gestalt so nahe war, daß ich sie erkennen konnte, wich meine Angst und machte einer maßlosen Trauer Platz. Es ist mir unmöglich diese Gestalt zu beschreiben, und es hätte auch nicht den geringsten Sinn. Jedes noch so genaue Wort wäre falsch. Vielleicht versteht mich der eine oder andere, wenn ich sie mit einer fliegenden Schnecke vergleiche. Dazu muß ich jedoch sagen, daß die Gestalt auf gar keinen Fall flog.

Später fanden sie mich am Ufer liegend. Meine Schuhe waren fort.

Kubins Enten

Ich kenne Kubin nicht, aber ich kenne seine Enten. Sie sind von tiefblauer Färbung, mit wenig Weiß darin, noch weniger Rot, ganz wenig Schwarz und je einer gelben Feder. Entweder sie schauen weg, wenn man sie anspricht, oder sie schauen durch einen durch. Vor ihnen liegen Maiskörner, ein alter Topf mit Wasser steht daneben. Sie leben am Teich, aber der Teich ist sumpfig braun und wird nur vom Regenwasser gefüllt. Im Sommer trocknet er aus.

Ich kenne Kubins Enten nicht, aber ich sehe sie oder besser sie sehen mich, wenn ich seinen Garten betrete. Kubins Enten kennen keine Dämonen, dafür kennen sie Schnecken und Frösche und sie hassen nichts so sehr wie die direkte Anrede.

Sie sitzen lautlos am Teich, der Weiher hieße, wäre er größer, und wäre er kleiner, Tümpel genannt würde. So ist er ein Teich, und das wissen die Enten. Manche Besucher von Kubins Garten wissen es nicht, denn sie nennen ihn Tümpel oder Weiher. Das ärgert Kubins Enten. Es ärgert sie jedoch nicht in einem solchen Ausmaß, daß sie über den Besucher herfielen oder, wenn er den Garten wieder verlassen hat, über ihn herzögen, wie es die Menschen an den hiesigen Stammtischen gern tun, sobald man den Schankraum verlassen hat. Lange sitzen sie danach noch da.

Ich kenne auch Kubins Garten nicht, aber ich versuche ihn

mir vorzustellen, mit dem Teich, mit den Enten, mit den Bäumen und Sträuchern, dem Wind und den Wiesen ringsum. Das versuche ich mir vorzustellen so gut es geht und so weit es reicht, und ich versuche dabei die Enten nie aus den Augen zu verlieren, um daran nicht den Verstand zu verlieren.

Kubins Uhr

Rede und Antwort liegen. Auf die Uhr schauen. Neun Jahre oder neun Stunden? Die kleine Lampe unter der kleinen Uhr beleuchtet die Nachtzeit. Der kleine Körper liegt auf dem Bett. Es fürchtet sich besser im Finstern, wenn man die Metastasen bedenkt, die Metamorphosen betrachtet. Wann hört es auf oder besser wann fängt es an? Der Körper schaut auf die Uhr. Eine halbe Stunde ist verstrichen, die nächste halbe Stunde wird verstreichen. Der Körper erinnert sich an das Kochbuch seiner Großmutter, an die böhmischen Dalken, an die Bärenpratzerln – eine Messerspitze Natron, hundertzwanzig Gramm glattes Mehl, gestoßener Zimt ... gestoßener Zimt ...
Zehn Minuten sind vorbei.
Hirnbusserln, Esterhazy-Rostbraten, man salzt, man pfeffert, man klopft, man brät, man seiht und begießt, man überkocht, man ißt.
Von Leitmeritz nach Zell, von Zell nach Salzburg, von Salzburg nach Klagenfurt, von Klagenfurt nach Zell, dann nach München, von München an den Inn, vom Inn zu mir.
Der Körper weint vor Schmerzen. Die Erinnerungen vollziehen sich zu Metastasen. Rimbaud von Zwickledt. Alter. Linzer Augen und Blitzkuchen – eine Messerspitze Natron, Mehl für das Blech, zum Schluß bestreut man die Augen mit Zucker – der Gang der Uhr und der Lauf der

Zeit sind ein und dasselbe, bleibt die Uhr stehen, bleibt auch die Zeit stehen. Der Körper kennt seinen Richter, aber er kennt seinen Anwalt nicht. Die winzige Glühbirne beleuchtet die Uhr, die Morgendämmerung erreicht das Ziffernblatt.

Kubins Kubin

Ich bin Kubin. Ich beginne mich zu durchschauen, seit hier in der Gegend einer aufgetaucht ist, der sich schon lange nicht mehr in meinem Gesichtskreis befand. In meinem Blickminenfeld. Vor meinem Fenster sitzt ratlos der Rabe, er kam mit der gestrigen Abenddämmerung über den Grenzfluß.
Seit dieser eine aufgetaucht ist, kann ich nicht mehr in Ruhe arbeiten, und wenn, dann bringe ich nichts zustande. Ein schön begonnenes Blatt von der Seele geriet mir völlig daneben. Anders daneben als sonst, gefährlicher daneben.
Wie gewöhnlich sitze ich am Fenster, den Blick auf die windigen Hügel gerichtet. Heute früh träumte ich, daß die Wahrheit die Schnecke traf, das Vergessene das Versunkene, der Rabe die Angst. Ich nenne den einen jetzt den anderen. Er hat sich im Gasthof an der Bahnstrecke einquartiert. Er hat im voraus bezahlt und er war auch schon auf dem Friedhof und in der Kirche. Er hat dem Pfarrer einen Besuch abgestattet und ist lange spazierengegangen. Er sieht mir ähnlich, nicht auffallend, aber doch soweit, daß es mich erschreckt. Der Pfarrer hat mich auch schon auf die Ähnlichkeit hingewiesen, andeutungsweise versteht sich, aber er hat es getan. Was weiß der andere von mir, und weiß er überhaupt etwas von mir? Entspringen meine Befürchtungen meiner überreizten Phantasie und sind demnach nur Hirngespinste? Oder ist alles Wirklichkeit? Da ich meinen Hirngespinsten, Einbildungen

und Phantasien im allgemeinen trauen kann, sind sie vermutlich alle Wirklichkeit.
In der Nacht schlief ich schlecht und nahm schließlich Rotwein und Baldrian zu mir. In den frühen Morgenstunden schneite es, und als ich mich von meinem Lager erhob, war die Welt um mich herum dunkel vor lauter Schnee. Ich ließ mir mein Frühstück bringen und las im »Philosophischen Wörterbuch«. Der Rabe saß auf dem Dachfirst. Der Postbote, eine unglückselige, verwunschene Natur, brachte mir die Post der vergangenen Tage, oder Wochen. Gemeinsam tranken wir einen Slivowitz, gegen die Kälte, wie wir einander ausdrücklich versicherten.
Unter der Post befand sich ein Brief aus England, genauer gesagt aus der Grafschaft Devon. Darin teilte mir eine Frau, nach Handschrift und Stil offensichtlich eine ältere Dame, mit, daß ich bei meinem reizenden Besuch bei ihr in Lightwood meinen Toilettebeutel vergessen hätte. Ich erinnere mich nicht, jemals in England gewesen zu sein. Auch habe ich dort keine Bekannten oder gar Freunde, nur ein paar lose Kontakte zu Galeristen in London. Ich werde auf den Brief nicht antworten, obwohl mich die Dame herzlichst grüßen läßt und schreibt, wie sehr sie sich auf ein Wiedersehen freue, und obwohl ich sonst jeden Brief beantworte und ein fast leidenschaftlicher Briefbeantworter bin. Ich habe ihn weggelegt und bin zu meiner Arbeit zurückgekehrt. Heute ging sie mir wieder leichter von der Hand, ich fing das Blatt von der Seele noch einmal an und kam ein großes Stück weiter.
Es ist Nachmittag und die Lähmung hat wieder eingesetzt. Ich sitze im Stuhl und warte. Warte, daß sie vorübergeht. Der Rabe ist ins Haus geflogen. Jetzt sitzt er in der Küche auf der erkalteten Herdplatte.

Bin ich Kubin? Der andere soll mir ähnlicher geworden sein, etwas in der Art sich zu bewegen, erzählte mir meine Haushälterin. Meine Haushälterin stammt aus Kubing, einem winzigen Ort ganz in der Nähe, diese Zufälligkeit hatte mich bisher immer belustigt. Heute kann ich daran nichts Komisches finden. Ich weiß nicht, ob ich meinen wirklichen Namen trage. Jetzt sitze ich am Fenster und warte auf die Nacht. Der Rabe sitzt auf meiner Schulter.
Der andere treibt sich herum, fragt die Bauern aus, schäkert mit den Kellnerinnen der Landgasthöfe. Am Stammtisch spielt er gelegentlich Karten, und heute fragte mich der Pfarrer in seiner diskret-aushorchenden Art, ob der andere ein Verwandter von mir sei. Als ich verneinte, nickte er bloß und verabschiedete sich schnell.
Bin ich Kubin oder ist der andere Kubin? Dann wäre ich der andere. Ich muß herausfinden, ob der andere zeichnet, ob er überhaupt zeichnen kann. Wenn er nicht zeichnen kann, wäre es klar und er müßte verschwinden, ein für allemal. Wenn er aber zeichnen kann . . . wenn er es kann, muß ich mich darüber hinwegsetzen. Darüber hinwegsetzen. Der Rabe sitzt auf meinem Zeichenbrett. Er schaut mich nicht an. Er schaut aus dem Fenster.
Heute bin ich in sein Zimmer eingebrochen. In das Zimmer des anderen. Im Gasthof an der Bahnlinie von und nach Amsterdam. Es war ganz leicht. Wenn man vom Schankraum zum Pissoir geht, kommt man automatisch an der Treppe, die zu den Fremdenzimmern hinaufführt, vorbei. Das Zimmer war unverschlossen, wie ich es erwartet hatte. Ich fand außer einem schlecht funktionierenden Kugelschreiber nicht die Spur von irgendwelchem Zeichenmaterial. Keine Kreide, keine Kohle, keine Stifte, kein Papier, nichts. Als ich befrie-

digt das Zimmer verließ, hörte ich Schritte auf der Treppe, die kurz darauf den Treppenabsatz erreicht hatten, eine Gestalt bog um die Ecke und kam mir auf dem schlecht beleuchteten Gang entgegen. Im letzten Augenblick versteckte ich mich in einer dunklen Nische und beobachtete mich wie ich mein Zimmer betrat. Ich schien mich nicht gesehen zu haben. Als die Tür geschlossen war, ließ ich einige Zeit vergehen und stahl mich dann auf Zehenspitzen davon. Ich betrat ganz ruhig wieder den Schankraum und trank langsam mein Bier aus.

Der Pfarrer teilte mir heute mit, der andere sei abgereist. Der Rabe ist wieder über den Grenzfluß geflogen. Ich bin Kubin.

Geher an der Bahnlinie

Geher geht die Gleise entlang. Entlang der Strecke geht er, schreitet kräftig aus, um dann wieder bedächtig einen Fuß vor den anderen zu setzen. Enttäuscht betrachtet er die Wiesen, den trägen Fluß. Nebel hängt über dem ziellosen Wasser.

Der Ferienzug fährt lärmend vorbei, der Zug fährt bis an das Meer, im Zug sitzen die Menschen und die Kinder, sie freuen sich auf die Zeit am Strand. Eines der Kinder freut sich nicht, es wäre lieber zu Hause geblieben und hätte aus dem Fenster auf die leere Straße geschaut.

Der Geher schaut dem Ferienzug nach, wie er zwischen den Bäumen verschwindet, es scheint ihm, als tauche der Zug bei der nächsten Biegung ins Flußwasser ein. Der Zuglärm schwimmt in die Wälder davon, dann ist es so still, daß aus dem Wald Gestalten treten.

Der Geher stolpert in die Stille, aber er fällt nicht auf den feuchten Boden, über den ein weißer Hirschkäfer kriecht. Der Geher schüttelt sich.

Der Gleisweg führt ein kleines Stück von der Bahnlinie fort, zur Linken liegt der Fluß, ein verfallenes Stauwerk erhebt sich über ihm. Als der Geher stehenbleibt, um den Verfall zu beobachten, entdeckt er die Gestalten des gestrigen Tages wieder, sie sitzen über den Wehren und auf den Mauern, doch kann er nicht erkennen, ob es Menschen oder Tiere sind. Er fürchtet sich nicht vor ihnen. Er hört sich laut mit ihnen sprechen, er hört sich nach ihnen rufen, aber er versteht seine Worte, seine Sprache, sein Geschrei nicht. Die Gestalten starren und stieren ihn an, affenähnlich hängen einige von ihnen an den Schleusen. Sie antworten ihm nicht, dann sieht er sie nicht mehr. Sind sie fort?

Der Weg führt ihn wieder auf die Eisenbahnstrecke zu und dann weiter die Gleise entlang. Die Schienen glänzen in einem seinen Augen unerträglichen und für seine Seele untrüglichen Licht, das hier auf der gesamten Gegend lastet.

Der Maler kommt ihm wieder entgegen, auf seiner Suche nach Trauer-, Angst- und Wahrheitsfarben für eine bestimmte Höllenszene trifft er täglich auf den Geher, doch geht er täglich an ihm vorbei, blickt nicht einmal auf.

Der Geher erblickt die Strumpffabrik, hingebaut an den Fluß. Dumpfe, gleichmäßige Geräusche kann er von dort hören, Geräusche, die nie lauter werden, auch nicht, wenn er näher kommt. Nie.

Wieder beginnt er nach einem Gasthaus in dieser Gegend zu suchen und denkt sich, daß er im Grunde sein ganzes Leben nichts anderes getan hat, als nach dem schönsten Gasthaus für sich zu suchen, und daß er manchmal nahe daran war es zu finden.

Heute erwarten ihn schmutzige, halbzugezogene Ruhetage hinter dunklen Scheiben, gelbliche Speisekarten in klebrigem, feuchtem Plastik, Toast Hawaii und Mozartsteak mit Überraschungen als Beilagen.

Er hat das Ortsschild nicht beachtet, weiß nicht, in welchem Fleck oder Punkt auf der Landkarte er sich jetzt befindet. Gasthaus mit Ruhetag, Kirche, Fleischer mit sonderangebotenen, prima Schweinsköpfen, Friedhof. Alle sehen sich ähnlich, diese dorfähnlichen Siedlungen samt ihren Bewohnern. Man spricht vom Zauber dieses Landstrichs, aber der Geher hat seine Zweifel daran gefunden. In einem vollgeräumten, finsteren Waren-aller-Art-Geschäft ersteht er eine Dose Bier, er wird unruhig, als er zu lange auf das Wechselgeld warten muß, das ihm die uralte Ladenbesitzerin schließlich mit gichtigen Händen über den Verkaufstisch reicht. Er scharrt mit dem Fuß wie ein Pferd und trinkt das Bier in einem langen Zug. Bierstolz verläßt er den Raum.

Jetzt geht es leicht bergauf, einem Hügel entgegen, von dem er einmal einen glücklichen Ausblick hatte. Auf das geschwungene Land, die schwärzlichen Höfe, aus der Ferne hatte er die Kirchenglocken gehört, seine eigene Weite hatte er in sich gehabt, hatte lange an einem Punkt ausharren können. Heute schaut er gehetzt in sich, schwer hängt ihm der Mantel vom Körper, als wäre er gerade aus dem Fluß gestiegen. In der Ferne sieht er den Maler, der etwas für sich Bedeutsames gefunden zu haben scheint, denn er kriecht auf dem Bauch rückwärts.

Der Geher blickt weiter um sich: Wenn es dieses Haus nicht gäbe, sagt er sich, diese Garage nicht, diese Antennenanlage da drüben rechts nicht, wenn es den Fluß nicht gäbe, wenn diese Landschaft nicht existierte, wenn er seine Betrachtungen abbrechen würde ...

Er steht und fällt zu Boden. Tagelang schläft er in der Tiefe. Als er zögernd erwacht, spürt er sich lächeln. Er ist ausgeruht. Er wird hochgehoben, in die Luft gehoben. Sein schwerer Mantel flattert leicht im Wind, vor ihm ein bewölkter, einladender Himmel, kein zwitscherndes Blau, sondern ein luftiges Grau. Der Wind gibt ihm seine eigene Kraft wieder.

Der Maler hat vom Boden aufgeschaut, seinen Kopf wie ein alter Vogel gehoben und in den Wind gestreckt, von weitem hat er den Geher gesehen, wie er sich langsam in ein Posthorn verwandelt hat, in ein silbrig glänzendes Posthorn. Der Maler hat durch sein Fernglas geschaut, als stünde er direkt davor, so nah hat er das Posthorn im Glas gehabt und dann hat er gesehen, wie es sich mit langsamer Sanftmut in die Luft erhoben hat und davongeflogen ist. Das Posthorn hat deutlich die Züge des Gehers getragen.

Gegenlicht im Zwischenraum

Sie war tief gestürzt. Oder gefallen. Jetzt hielt sie sich an der rostigen Verstrebung fest. Über sich sah sie etwas von der Sonne. Das unrasierte Gesicht des Photographen tauchte auf. Er beugte sich weit über das Eisengitter, um sie ins Blickfeld zu bekommen. Sie lockerte ihren Griff um eine Winzigkeit, kleine Rostblättchen fielen ihr aufs Gesicht. Der Photograph drückte mehrmals rasch hintereinander auf den Auslöser, dann war er verschwunden. Sie sah wieder etwas von der Sonne. Über sich hörte sie Stimmen.

Als sie erwachte, dämmerte es. Sie schien ein Stück weiter gefallen zu sein, denn ihre Hand umklammerte die Verstrebung nicht mehr. Es schien ihr, als würde sie feststecken; zumindest konnte sie die Arme bewegen. Unter sich hörte sie ein Gurgeln. Sie erschrak vor dem plötzlichen Licht auf ihrem Gesicht. Ein starker Scheinwerfer war auf sie gerichtet. Sie hatte die Augen sofort geschlossen, aber um den Bruchteil einer Sekunde zu spät, es gleißte und blendete weiter in der Dunkelheit. Sie preßte die Augenlider und Lippen zusammen, bis der Krampf sie befreite. Jetzt hörte sie die Stimme des Photographen. Er rief etwas in den aufkommenden Wind, den sie nicht spürte, nur hörte. Der Scheinwerfer verlöschte.

Der Lichthof wurde nach unten hin enger und endete mit einem kleinen Loch, durch das der Regen abfloß. Er erinnerte

sie an eine naive Darstellung des Bereichs zwischen Leben und Tod, die sie einmal als Kind in einem Buch – oder war es ein Katalog? – gesehen hatte. Wieder hörte sie mehrere Stimmen gleichzeitig über sich, von denen sie jetzt eine deutlich heraushörte, eine helle, durchdringende Stimme, fast wie die eines Knaben, sie hörte sie rufen: »Es ist schon bald fünf!« Dieser Ausspruch wurde weitergegeben und wiederholt. Sie begann über seine mögliche Bedeutung nachzudenken. Während sie darüber nachdachte, merkte sie, daß sie wieder neugierig geworden war. Sie sah nach oben, wo sie am Himmel einen Stern wahrzunehmen glaubte. Im schwachen Schein einer Taschenlampe oder eines ähnlichen Beleuchtungskörpers erkannte sie das Gesicht des Photographen, er schien mit einem Belichtungsmesser zu hantieren. Sekundenlang und schemenhaft tauchten hinter ihm zwei Gestalten auf, die ihn packten und wegrissen. Unter ihr gurgelte es. Sonst war nichts mehr zu hören. Die unzähligen Stimmen des Tages waren verstummt, die ferneren und die näheren Geräusche, die ihn ausgemacht hatten.
Ein schwacher Lichtstrahl schien von unten durch das kleine Regenloch herauf zu ihr. Ihre Lage hatte sich ohne eigenes Zutun um eine Spur gebessert, das Gefühl des Eingeschlossenseins war verschwunden. Sie konnte sich zwar noch immer kaum bewegen, doch schöpfte sie wieder so etwas Ähnliches wie Hoffnung. Ein schwaches, tiefes Luftholen.
Das Gurgeln nahe bei ihren Füßen war schwächer geworden, aber noch immer zu hören. Der Lichtstrahl fiel auf ihre Knie, es schien ihr, als sei er mit dem Gurgeln identisch. Worte wie »Spürnase« gingen ihr durch den Kopf, sie mußte lachen über diese Erfindungen, »Häuptling Spürnase, such mich!« rief sie laut und schüttelte sich vor Lachen. Mitten ins Lachen trat die

Angst. Das Licht verlöschte, das Gurgeln wurde lauter. Schnell versuchte sie an die Angstzustände bei Herzanfällen zu denken, von denen ihr Vater erzählt hatte, diese Erzählungen hatten sie immer merkwürdig beruhigt. Ihr Vater war Arzt gewesen.

Sie waren oft auf einen Berg gestiegen, auf den Hausberg, wie ihn fast alle nannten, aber der Hausberg war kein wirklicher Berg, eher ein höherer Hügel, und so waren sie auch nicht wirklich gestiegen. Auf einer dieser Wanderungen hatte ihr Vater in seiner ruhigen, beiläufigen Art zum ersten Mal vom Tod und seinen vielfältigen Begleiterscheinungen gesprochen, von eben diesen Beklemmungen und Angstzuständen. Später dann von der Stille, zuerst von der »tödlichen Stille«, dann von der »Todesstille«. Von diesem Zeitpunkt an erzählte er ihnen auf jedem ihrer gemeinsamen Spaziergänge etwas anderes, Neues vom Tod. Auch erzählte er ihnen vom Umgang mit dem Sterben und mit dem Tod. Davon, daß er häufig eine Todesnachricht so oft und so vielen verschiedenen Leuten wie möglich mitteilte, bis sie ihn selbst erreicht hatte. Diese Erzählungen beruhigten und kräftigten die beiden Mädchen von Mal zu Mal mehr. Sie machten sie stark.

Still saß sie da. Oder hing sie? Sie konnte nicht mehr exakt feststellen, in welcher Lage sie sich befand. Doch sie war ruhig, die Erinnerung an die Erzählungen, und mehr noch die Erinnerung an die Spaziergänge hatten sie ruhig gemacht. Das Gehetzte, in das einen die Angst mit Lust hineintreibt, war von ihr gewichen. Sie sah nach der Verstrebung, konnte aber in der absoluten Finsternis nichts erkennen. Sie überlegte, was aus ihren Armen geworden sein könnte und gab den Gedanken rasch wieder auf. Sie besaß einfach keine mehr.

Etwas wie bitterer Staub fiel auf ihr Gesicht. Ein Atemzug streifte sie. Antworten wisperten. Leise hörte sie den Photographen sagen: »Ich bin ein auseinandergenommener Mensch.« Er hatte noch viel vor sich, daß wußte sie jetzt. Sie spürte Wasser, sie sah ihren Vater, wie er vor ihr auf den Berg stieg, sie sah ihre kleine Schwester atemlos neben sich versuchen Schritt mit den Größeren zu halten. Aus der Vergessenheit waren sie aufgetaucht, einzig zu dem Zweck, endgültig vergessen zu werden. Dann sah sie sich selbst den Berg hinaufsteigen und die Wellen schlugen über ihr zusammen.

Miniatur

Ich verzeihe dir die Tage nicht, an denen du mich hast schweigen lassen.
Kleine Türen, die in kleine Schlösser fallen. Hinter mir, gerade jetzt, geht sehr langsam wieder eine von ihnen zu, Wittgenstein hätte seine gedachte Freude, sie geht so langsam zu, daß man es kaum ahnt, wenn sie in ihr Schloß gefallen sein wird, werden die kleinen Träume vorbei sein. Dann wird es schlecht gehen, so lange, bis die nächste Tür beginnt zuzufallen. Der sich um sich drehende Augenblick, bevor sie ins Schloß fällt, ist der vollkommene Augenblick des Glücks. Der Luftzug dann, der mich vielleicht am Hals trifft, vielleicht bin ich am nächsten Tag verkühlt, ist der Atem der Zärtlichkeit.
Hinter mir offene und geschlossene Türen, vor mir offene und geschlossene Türen. In diesem Augenblick, es ist ein schlechter Augenblick und er genießt es, stehe ich hinter und vor einer geschlossenen Tür. Die hinter mir ist schon vor langer Zeit zugefallen und die vor mir öffnet sich gerade in dem Augenblick, als ich meine, sie bliebe verschlossen für mich. Dahinter liegt das Erwartete.
Ich trete durch die Tür, bleibe kurz stehen, in der Hoffnung, daß sie sich hinter mir schließt, langsam, wie von einer Kinderhand. Sie bleibt offen, ich habe die Möglichkeit zurückzugehen. Ich schaue mich nicht um und mache zwei Schritte

vorwärts. Ich stehe auf der eisigen Fläche, ein Eisbrocken, der sich von den Wolken gelöst hat, fällt direkt vor meine Füße, hart neben mir schlägt ein Blitz ein. Ich schweige. Wittgenstein hätte seine gelehrte Freude.
Ich gehe weiter und sehe eine kleine Türattrappe, wie man sie in Hörspielstudios verwendet und um die man herumgehen könnte, sie steht mitten auf der Fläche, davor sitzt ein kleiner, böser Traum. Ich steige über den Traum, der mir mit seinem Giftzahn in den Fuß beißt, öffne die Attrappentür, gehe durch sie durch, werfe sie hinter mir zu, aber sie fällt nicht in ihr Schloß, sondern schwingt aggressiv hin und her. Ich drehe mich um, doch das hätte ich nicht tun sollen, der kleine Traum springt mir durch die Tür ins Gesicht, schaut unverwandt auf meine Kehle und erzählt mir ohne Unterbrechung bis ins tatsächlich allerletzte Detail über die Selbstmorde meiner Freunde, die alle meine eigenen wären. Dann packt er mich am Hals, schüttelt mich, versucht mich zu würgen, ich kann mich aus seiner Umklammerung reißen – kann ich das wirklich? – gerade als er sagt, er müsse jetzt meine Luftröhre untersuchen, er hüpft davon.
Die Attrappentür fällt zu, zu schnell. Zu endgültig. Eine leichte Melancholie steigt in mir auf, oder ist es nur ein fernes Hungergefühl? Auf jeden Fall ein Gefühl ohne Freude, von dem ich nicht weiß, was es ist, und von dem ich weiß, daß es in mir ist. Das blaßrosablaue Himmelsdach, der brave Hoffnungsträger, zerfällt weiter, bröckelt und rieselt und bricht. Meine Haare, meine Schultern sind schon voller blaßrosablauem Staub, mit kleinen Steinchen darin, alles Firmament. Die eisige Fläche ist bedeckt davon, das Dach des Tempels, der leere Teich.
Ich ahne, daß das Traumgift des Kleinen zu wirken beginnt,

denn ich sehe keine Türen mehr, nur noch Fenster. Hinter einem dieser Fenster, keinem Haupt-, sondern einem Nebenfenster sitzt Wittgenstein und ißt. Ich weiß nicht, welcher Wittgenstein es ist, und kann auch nicht erkennen, was er ißt. Er ißt mit offenem Mund. Das Gift hat das Herz erreicht. Die Tür in mir knallt zu.

Was ich will

Ich beginne zu merken, was ich meine. Langsam, zu Zeiten. Wenn ich auch nicht zu merken beginne, was ich will. Nur sehr langsam beginne ich zu merken, was ich meine.
Zu gewissen Zeiten treffe ich den Emigranten. Wir haben den Kontakt zueinander abgebrochen. Trotzdem treffen wir uns hin und wieder. Für meinen Teil fühle ich mich frei von Schuld an dem Abbruch der Beziehung, dennoch habe ich ein ständig schlechtes Gewissen, aber nicht ihm gegenüber. Mir gegenüber.
Mitten in die Schuldfrage läutet das Telefon (hat das Telefon geläutet?), es läutet an der Haustür (hat es an der Haustür geläutet?), auf einem Tisch liegt der Brief.
Die Schuldfrage und das monumentale schlechte Gewissen nagen in den Dunkelkammern der Seele. Leise werde ich gefragt, was sie ans Licht bringen werden.
Das Telefon hört auf zu läuten (hat es aufgehört zu läuten?), es hört auf an der Haustür zu läuten (wo läutet es jetzt?), ein Brief liegt auf dem Tisch.
In einer besonders widerwärtigen Art von abklingender Panik verlasse ich das Haus.
Ich beginne zu merken, was ich meine, ohne zu merken, wer ich dabei bin.
Ich habe mich an einen Tisch ins Halbdunkel gesetzt. Der Kellner ist auffallend freundlich heute. Ich rühre in meinem

Getränk, warte auf den Emigranten. Es existieren Tage und Nächte, da habe ich den richtigen Weg schon eingeschlagen, die Kurven richtig genommen, gelassen und sanft, die Bücher, die gemeint sind, aufgeschlagen, die Vergangenheit richtig gezählt, die Zukunft unberechnet gelassen, ich habe dann Platz und Zeit.
Und da sind die Nächte und die Tage, die aus einer einzigen, gewissenlosen Nacht bestehen. Ich sehe die Irrlichter vor mir davonrennen, ich habe keine Jacke, um sie am Boden auszubreiten, ich habe keinen Schnee, kein Gebet, keinen Punkt mehr in mir. Es herrscht das Tosen und Stampfen der unteilbaren Angst. Dazu lacht oft die Sonne.
Der Emigrant scheint mir schon längere Zeit gegenüberzusitzen. Ich schaue ihm direkt ins Gesicht. Er blickt mich antwortend an.
Ich beginne zu wollen, was ich bin. Aber den Emigranten kann ich nicht danach fragen, wir haben den Kontakt abgebrochen.

Mischwald

Das Dorf spricht. Hier stellt sich die Sinnfrage nicht, hier ist bereits alles entschieden. Der Bauer schickt niemanden mehr aus, er braucht auch kein Feuer mehr unterm Dach, denn er hat sich gestern im hintersten Winkel seiner Scheune aufgehängt. Bei den kleineren Landwirtschaftsmaschinen.
Der Bauer hat die Grenzsetzer beobachtet, vorige Woche. Sein Hof grenzt an einen Wald, einen sogenannten Mischwald. Kein reiner Nadelwald, kein reiner Laubwald. Ein Mischwald eben. Ein Wald.
Dem Bauern ist das Ausmaß einer Zerstörung bewußt geworden, als er die Grenzsetzer beobachtete, vorige Woche.
Das Dorf spricht. Der Bürgermeister grübelt. Der Bürgermeister war sein Freund, sagt der Bürgermeister. Im Herbst leuchtet der Wald in den Fluß.
»Was ich alles nicht weiß!« hat der Bauer einmal fröhlich gesagt, als er am Stammtisch in einer überregionalen Zeitung las, die ein Durchreisender liegengelassen hatte. »Was ich alles nicht weiß.« Dann hat er die Zeitung weggelegt. Später, als er aufgebrochen ist, hat er sie eingesteckt. Damals, an dem Abend, haben alle gelacht, der Bürgermeister am lautesten, warum eigentlich? Heute könnte es keiner mehr sagen. Am ehesten der Bürgermeister. Der fragt sich inzwischen auch, was er alles nicht weiß. Aber an den Abend erinnert er sich kaum noch. Vor drei Wochen oder so.

Die Frau des Bauern erinnert sich plötzlich nicht mehr an ihn. Obwohl er gestern noch gelebt hat. Das versteht sie am allerwenigsten. Daß er gestern noch gelebt hat. Sie erinnert sich nicht mehr, wie er ausgeschaut hat. Dann wirft sie einen Blick in die Kammer, wo er aufgebahrt liegt. Aber das hilft ihr nicht viel weiter, und das Photo an der Wand ist zehn Jahre alt. Wie hat er gestern ausgeschaut?
Andere sehen ihn heute deutlicher vor sich. Die ihn weniger gut kannten.
Sich das Ausmaß einer Zerstörung bewußt machen, heißt, sich bewußt machen, daß man in den gesetzten Grenzen nicht mehr weiterleben kann. Der Bauer hat mit seinem Selbstmord nicht geantwortet, er hat gefragt, sagt einer am späteren Nachmittag im Gasthaus. Der Bürgermeister grübelt. Morgen trifft er die Grenzsetzer wieder. Draußen hat es aufgehört zu regnen. »Endlich!« seufzt einer.

Der Reichenhaller

Der Reichenhaller ist nicht, wie oft irrtümlich angenommen wird, ein Gold- oder Silbertaler, wie er zu den immerwiederkehrenden fünfzigjährigen Jubiläen geprägt wird. Es handelt sich beim Reichenhaller auch nicht um eine Flinte zum Bärenjagen und auch nicht um einen Eistanzschritt, es existiert also kein doppelter Reichenhaller.

Der Reichenhaller ist vielmehr eine Sorte von Mensch, dumpf dreinblickend und sein Schicksal beklagend. Ein typischer Reichenhaller hat entweder eine Wurmzucht oder ein Kurhotel. Er haßt Asthmatiker, bezeichnet sie als Schleimer und Spucker.

Wenn ich einen Reichenhaller treffe oder einer von ihnen mich trifft, erlebe ich jedes Mal aufs neue die alte Leichenhallenfurcht. Ich stehe dann ungeschickt steinern mit flakkernden Augen vor ihm und versuche wegzulaufen, was mir noch nie gelungen ist. Der Reichenhaller neigt zu Extremen, vor allem im Aggressiven, er ist selbstzerstörerisch, ein versoffener Extremkletterer. So bleibe ich höflich, was ich hasse.

Der Reichenhaller ist Taxifahrer, Ausflugsfahrtenfahrer, Leichenwagenfahrer, nachts tötet er Schwäne. Bei Sonnenaufgang treiben die aufgeschlitzten Schwäne auf den künstlichen Gewässern der Stadt. Später bedeckt sich der Himmel und hängt bleiern über dem Talkessel.

Die Menschen entfliehen ihm in die Wirtshäuser. In die Wirklichkeit des Bierschaums und Wurstküchengeruchs. Alles kann alles heißen und alles heißt auch alles, das weiß der Reichenhaller. Er wittert es wie eine Fährte, die ihn an ein altes Ziel bringt, während er aus dem Bierdunst ins Freie tritt, in eine kühle, sternklare Nacht hinaus.

Angst: Eins

Jemand starrt mich an. Am Bankschalter zum Beispiel. Sein Starren entwickelt sich zu einem Basedow.
Jemand starrt mich an. Einer, eine. Am Postschalter zum Beispiel. Nachdem er/sie mich eine Weile nicht durchdringend angestarrt hat, sagt einer/eine: »Werd ja nicht frech!« Ich hüte mich. Briefmarken für Auslandssendungen in größeren Mengen werden mir ausgehändigt. Dann geht alles ganz schnell. Schon liegt der Geldbote in seinem Blut. Manche rennen. Manche kreischen und starren. Ich stehe mit meinen Briefmarken da.
Ich sitze auf einem Stuhl, vor einem Tisch, in einem Zimmer, in einer Vorstadt. Keine graue Vorstadt, keine triste Vorstadt, eher bunt und blumig, künstliches Biedermeier setzt sich durch.
Ein neuer Kindergarten wird durch den Herrn Bezirksvorsteher eröffnet, die Kinder halten sich an den Händen und tanzen einen Reigen; als es regnet, rennen sie ins Haus, in dem es noch nach frischer Farbe riecht, der Herr Bezirksvorsteher spannt einen Schirm auf, er hat den Regen geahnt, trotz des wolkenlosen Himmels. Langsam geht er unter dem Schirm zum neuen Kindergartengebäude, jemand starrt ihn an, ich zum Beispiel. Als er stehenbleibt um sich umzusehen, verstecke ich mich unterm Tisch. Er hätte mich ohnehin nicht gesehen, gar nicht sehen können, denn er ist fast blind, trotz-

dem fühle ich mich erheblich sicherer unter dem Tisch. Es handelt sich um einen Schreibtisch, unter dem man sich wunderbar verstecken kann, aus Kirschholz. Ich verstecke mich häufiger darunter, er erinnert mich an nahende Gewitter und an Ferneres.

Meine Zimmerwirtin kommt ohne anzuklopfen zur Tür herein. Sie weiß, daß ich mich oft versteckt halte, nur noch immer nicht wo, aber sie sucht auch nicht. Da sie ahnt, daß ich irgendwo im Zimmer bin, teilt sie mir mit, daß meine Bäder gerichtet sind. Dann geht sie wieder aus dem Zimmer hinaus.

In der Waschküche finde ich meine Bäder vor. Ein Salbeibad, ein Moorbad, ein Mentholbad. In kleinen, hölzernen Wannen. Meine Wirtin meint, sie könne mich damit erfreuen und erfrischen, ich tue ihr den Gefallen. Ich beginne mich auszuziehen. Jemand starrt mich an, ich spüre es deutlich, mein gutes Gewissen zum Beispiel. Ich stecke meine Zehe in das Salbeibad, es ist zu heiß. Ich tauche den ganzen Fuß in das Moorbad und lasse ihn drei Minuten im Schlamm. Auf das Mentholbad verzichte ich, ich weiß, es tut mir nicht gut, es regt mich auf. Ich trockne mir den Moorfuß ab und gehe wieder auf mein Zimmer. Auf dem kurzen Weg höre ich meine Wirtin in ihrer Wohnung vor Angst schreien. Sie fürchtet sich täglich vor etwas Neuem. Es ist schwer, ihr gewisse Dinge auszureden, vor allem, wenn man nach einiger Zeit selbst daran zu glauben beginnt. Dann ist es unmöglich. Sie hat sich einen Strick mit Schlinge ins Fenster gehängt. Zur Warnung, wie sie sagt, im Fenster unter der Schlinge steht eine Vase mit Dornen. Wenn ich es über mich bringe, besuche ich sie. Zum Tee. Heute werde ich sie nicht besuchen.

In meinem Zimmer wartet nichts außer den Büchern auf mich, und von denen weiß ich nicht, ob sie gern auf mich warten und mich nicht insgeheim hassen.
Ich nehme mein Lieblingsbuch aus dem Regal und beginne zu lesen.

In Wohnungen sein

Wenn ich in Wohnungen bin, befinde ich mich darin. Über das Befinden und die Befindlichkeit gibt es seit jeher viele schöne Erbauungen, ich brauche also nicht davon zu berichten. Details lenken ab.
Wenn ich in Wohnungen bin, lausche ich an den Wänden oder ich klopfe daran. Kein Laut dringt durch die Wände. Ich höre nichts, man hört mich nicht. Etwas später stehe ich an der Tür. Ich sperre auf, ich sperre zu, von außen wird die Tür wieder aufgesperrt, dann wieder abgesperrt.
Was tue ich noch in all den Wohnungen? Ich schaue aus ihren Fenstern. Ich sehe beschlagene Scheiben, Spuren von Kälte, Reste einer vergangenen Katastrophe, sonst sehe ich nichts. Die Wohnungen verhalten sich ruhig. Ich wage nicht die Fenster zu öffnen.
Aus der Ferne höre ich Töne, die ich nicht deuten kann. Ich hoffe auf erkennbaren Krach. Mein Selbst macht keinen Krach in diesen Wohnungen, es huscht durch den fleißigen Staub. Ein Glas zerspringt, wann läutet was? Im Badezimmer bei der Elektrorasur entdecke ich die Furcht vor dem Stromtod, die Furcht vor dem Schnitt in die Halsschlagader bei der Naßrasur. In diesen Fällen versuche ich die Wohnungen zu verlassen und einen Barbier aufzusuchen.
Nach langer Zeit komme ich zurück. Ich war frisch rasiert. Mein Bart ist wieder nachgewachsen, und vor der Tür sta-

peln sich die Wurfsendungen. Ich versuche sie wegzuwerfen.
Einfache Tätigkeiten übe ich aus, die ich selten verstehe. Versuche ich sie zu begreifen, fällt mir der Gegenstand aus der Hand und die Wohnungen werden fremd. Alle.
Spreche ich in Wohnungen, mit mir und mit anderen, so spreche ich zu laut und zu leise.
Esse ich in Wohnungen, habe ich keinen Hunger. Habe ich Hunger, liegt meine Wohnung gegenüber vom Schlachthof.
Lebe ich in Wohnungen, wundere ich mich.

Im Abgrund, hoch oben

Sie lebt. Wen die Kugel diesmal trifft, weiß sie noch nicht, die Kugel rollt. Für alle Fälle hat sie ihre Haare abgeschnitten.
Im Augenblick liegt sie in der Badewanne. Die Wanne steht in der Küche auf einem Podest. Von ihrer Küche sieht man auf die Hinterhöfe und in die Keller.
Heute will sie geil sein. Sie schwitzt. Sie liebt den Geruch von ihrem Schweiß und ihrem Urin.
Sie steigt aus dem Bad. Sie dreht ihre Kreise, während die Kugel rollt. Diesmal trifft es einen, den sie nicht will. Sie hat ihn schon verlassen, bevor sie ihn sieht. Ihre linke Hand ist gebrochen. Sie ist die vierte Stiege hinuntergestürzt. Gestern. Der Gipsverband ist eine lästige Erinnerung.
Als sie dem Mann die Tür öffnet, weiß sie, ein paar Tage, nicht länger. Am Abend ist er betrunken und kann nicht mehr. Er liegt in der Badewanne, er schnarcht. Sie hätte Lust ihn zu töten. Es ist ihr zu anstrengend, der einzige Grund, warum sie es nicht tut. Sie gibt sich ihrer Phantasie hin, bis sie einschläft. Morgen ist er fort, hofft sie beim Einschlafen.
Am nächsten Morgen ist er fort. Der Schwächling ist sehr früh aufgewacht und hat sich gleich davongemacht. Sie ist erleichtert.
»Ich sehe ihn nie wieder«, sagt sie laut und dankbar. Danach putzt sie ihre Badewanne sehr gründlich. Sie liebt ihren Blick aus der Küche auf die Hinterhöfe, die spielenden Kinder, den

Mann, der immer dieselbe Stelle kehrt, den Blick auf die Nachmittage. Zwei Kinder streiten sich um ein Spielzeug, als eine Frau dazwischengeht, fällt ihr ihre Mutter ein, diese Mischung aus Hochmut und Einfalt. Sie verläßt das Haus, auf der Straße möchte sie schreien vor Lust und vor Angst. Sie will eine Bombe in ein Kaufhaus werfen, Freunde und Feinde treffen. Sie erinnert sich an die Todesschreie eines Tieres, die sie hörte, als sie ein Kind war. Jetzt hört sie sie wieder, hier, mitten auf der Straße. Sehr nahe sind die Schreie, neben ihr, über ihr.

Als das Tier tot war, war sie nicht erschrocken oder traurig, sondern neugierig gewesen. Sie hatte es umgebracht. Mit dem Rasiermesser ihres Vaters hatte sie dem Tier die Kehle durchgeschnitten. Wie klein sie damals war, lächelt sie. Die Schreie werden leiser. Sie geht die Straße hinunter. Die Schreie sind vorbei. Die Kugel rollt wieder. Die Kugel lebt.

Ein Schauspieler

»Nur nicht auffallen!« Das war schon früh sein Motto, die Devise, nach der er seine Existenz einrichtete.

»Auf den eigenen Tod gefaßt sein und auf den der anderen nicht!« Das riet ihm ein Freund und zog damit seinen Haß auf sich.

»Frühzeitig hassen lernen!« hatte ihm sein Großvater geraten.

So entschloß er sich Schauspieler zu werden. Und so war er es. Das Theater hatte keine Magie für ihn, war er doch Schauspieler. Er wußte nur, in diesem Metier würde er seinem Glaubenssatz bedingungslos treu bleiben können.

Bald wurde es Herbst und er hatte noch nicht viel getan. Er nannte sich jetzt Taurig. Das war sein Künstlername, bald vergaß er, wie er wirklich hieß. Er war zwanzig und ging ohne Hast vor, nahm Privatunterricht bei einem der ruhebedürftigen Staatsschauspieler, die in Wohnwagen am Stadtrand leben. Er brachte ihm nicht viel bei, das war für beide gut. Taurig trainierte sein Gedächtnis, lernte zu vergessen, er stellte sich vor, er sprach vor, es war wieder Frühling geworden.

Mit seinen vier Monologen im Kopf fuhr er in Personenzügen durch die Landschaften. Oft schlief er ein, verpaßte seine Ziele, kehrte dann aber nicht um, sondern löste die Fahrkarte nach und fuhr anderem entgegen. Endlich war er dort angelangt, wo er ungefähr hin wollte. Gut erhaltene Altstadt, ein Theater mittlerer Größe, sein Zimmer mit Blick. Gute Rollen, nicht schlecht gespielt, gute Kritiken in den Lokalgazetten, bald sprach man ihn bei seinem täglichen Bummel durch den Altstadtkern mit Namen an, gelegentlich gab er auch ein Autogramm, er hatte sich eine interessante Unterschrift angeeignet. Das Engagement in die Großstadt ließ dann nicht allzu lange auf sich warten. Mit leicht schwerem Herzen nahm er Abschied vom Altstadtkern, sein Intendant lud ihn noch zu sich nach Hause, gemeinsam mit dem Intendantenehepaar und dem städtischen Kritikerehepaar aß Taurig Filet tartare, sie sprachen dem Roten zu. Als er früh am nächsten Morgen die Stadt verließ, fuhr er noch einmal am Schauspielhaus vorbei, einige Arbeiter begannen gerade mit der Renovierung der Fassade, auf einem weißen Tuch, das über einen Teil des Portals gespannt war, stand in großen, roten Lettern: Heute abend »Die lustigen Weiber von Windsor«! Er wurde wehmütig, bekam feuchte Augen und gab dem Taxifahrer ein großzügiges Trinkgeld.

Die Großstadt und ihre theatralischen Künste empfingen ihn kühl, wie er sich das erwartet hatte. Das gehörte gewissermaßen dazu. Herzliche Umarmungen sind nur in der Provinz brauchbar.

Seine Antrittsrolle war der Ruprecht im »Zerbrochenen Krug«, eine durchaus nicht undankbare Partie, nur gestaltete der Darsteller des Dorfrichters Adam seine Figurenfindung derart differenziert, daß Taurig hochbegabt unterging.

Mit seiner nächsten Aufgabe, der Rolle eines morbiden Junglehrers in der Uraufführung eines neuen Stücks im Studio, fand er sich nicht zurecht. Zuerst fand er sich einfach nicht zurecht, dann kam die Angst.

»Nur nicht auffallen!« war jetzt wichtiger denn je. Er fürchtete sich, daß er seine Partnerin auf offener Bühne erwürgen würde. Er fürchtete sich vor den Bühnenarbeitern, daß sie ihn erschlagen würden. Er fürchtete sich auf die Bank zu gehen, um die Bezüge von seinem Konto abzuheben. Er schickte eine Bekannte, die häufig bei ihm übernachtete, mit einer Vollmacht hin.
Auf der Straße drehte er sich unentwegt um, bald war wieder Winter, er fürchtete erkannt zu werden. Niemand erkannte ihn.
Abends wurde die Angst besonders subtil. »Auf den eigenen Text gefaßt sein und auf den der anderen nicht!« Oder war der Satz anders gegangen? Er lag in seinem hellerleuchteten Schlafzimmer, die Decke preßte sich langsam auf seinen Kopf und seine Brust.
Er gab die Rolle zurück. Ein anderer spielte sie glänzend. Die Zeit des Aufstrebens war vorbei. Er war achtundzwanzig Jahre alt.
Die Rollen, die er spielen mußte, wurden kleiner, unscheinbarer, dann begannen sie sich auf wenige Sätze zu reduzieren.
Manche Menschen fingen an ihn zu schneiden, fein, wie man Lachs tranchiert oder auch wie man Schokolade raspelt. Er nahm an anderen Tischen Platz als früher. Noch existierte er nicht ungesund, trank Milch und Tee, mittags machte er sich oft gebackenen Emmentaler, eines seiner Lieblingsgerichte. In die Theaterkantine ging er nicht mehr. Und er sprach mit Menschen, von denen er früher nichts gewußt hatte.
Er hörte von Ezra Pound, las über ihn, Käfig, dachte er, Käfig, Käfig.
Zur nächsten Spielzeit wurde Taurig nicht gekündigt, seine

Gage jedoch erheblich gekürzt, was ihn zwang, im Laufe des September doch persönlich auf die Bank zu gehen. Mit zitternden Knien betrat er den Schalterraum. Man empfing ihn zuvorkommend und überredete ihn mit nicht zu widerlegenden Argumenten zur Aufnahme eines kleinen Kredits, der es ihm ermöglichen würde, seine bisherige, nicht auffällige, aber nach außen hin behagliche Lebensweise beizubehalten, wie ihm die Filialleiterin ebenso lächelnd wie insistierend versicherte. Die Raten schienen niedrig, die Abwicklung problemlos.

Beschwingt sorgenvoll betrat er eine Fußgängerzonenkonditorei, ließ sich Schwarzwälder Kirschtorte bringen, trank Tee mit Zitrone, stellte Rechnungen an. Zwischen zwei Bissen Schwarzwälder Kirschtorte merkte Taurig, daß er allein war. Er durfte nicht mehr mitspielen, wie als Kind, das war seine Rolle geworden. Trotzdem, er wunderte sich ein bißchen darüber, fühlte er Behaglichkeit in sich aufsteigen, als er langsam nach Hause ging. Bald wurde es wieder Weihnachten und es schneite zum ersten Mal nach fast zehn Monaten, das Wort Stapfen fiel ihm ein, nur wußte er nicht mehr so genau, was es eigentlich zu bedeuten hatte. Nicht einmal im Weihnachtsmärchen hatten sie ihn eingesetzt. Was würde werden? Er konzentrierte sich auf die Dämmerung und ihre Tücken.

Rechtzeitig vor Ablauf der Saison riet ihm der Intendant, ein quirliger Vierziger, sein Rollenfach und eventuell das Theater zu wechseln. »Vielleicht wieder ein kleineres Haus ...« in freundschaftlichem Ton meinte er außerdem andeutungsweise, vielleicht überhaupt den Beruf zu wechseln. Der Intendant betonte das »vielleicht«.

Es war Ende März, die Luft schon lau, wieder frisches Laub

für den Herbst vorhanden. Als Taurig das Büro des Intendanten verlassen hatte, die Kündigung in der Tasche, spazierte er in Richtung seiner Bankfiliale. Er überlegte, ob er sie nicht überfallen sollte. Im Februar hatte er begonnen den Kredit zurückzuzahlen. Aber er überfiel seine kleine Bankfiliale nicht, hob nur eine größere Summe ab und lächelte höflich grüßend, als er wieder ging. Taurig war erleichtert. Er zwinkerte sich zu.

In seinem ihm immer seltsamer erscheinenden Penthouse, hoch über den Dächern der Stadt, fiel ihm ein Buch ein, von dem er meinte, es wäre jetzt gut für ihn es wieder in die Hand zu nehmen, aufzuschlagen und vielleicht sogar darin zu lesen. Aber er hatte den Titel, den Autor und auch den Inhalt des Buches vergessen. So sah er sich im Spiegel an, aß dazu gebackenen Emmentaler, schnitt Grimassen und schmierte sich den lauwarmen Emmentaler ins Gesicht.

Insgesamt hatte er noch elf Vorstellungen zu spielen, elfmal auf der Bühne zu stehen oder darüber zu hasten, jeweils für fünf Minuten. Alles in allem fünfundfünfzig Minuten, rechnete er, während er sich den getrockneten Emmentaler vom Gesicht kratzte, nicht einmal eine volle Stunde. Fünfundfünfzig Minuten Arbeit in drei Monaten. Schuld daran war nur diese lächerliche, mit nichts begründete Angst gewesen. »Eben«, sagte sich Taurig, »eben.« An seinem künstlerischen Arbeitsplatz grüßte ihn schon lange niemand mehr, außer dem Beleuchtungsmeister, der ihn auch einmal fragte, wie es ihm ginge, als er ihn auf der Straße mit seinem Fahrrad traf, eine Steige Äpfel auf dem Gepäckträger. Es war eine echte Frage.

Selbst jene, die Ähnliches wie er durchmachten, schienen ihm aus dem Weg zu gehen.

»Nur nicht auffallen!« Jetzt fiel er mit seiner Unauffälligkeit ganz besonders auf. Die Angst riß ihn zu Boden, schlug ihm ins Gesicht, würgte ihn so lange, bis er gelähmt war. Dann wandte sie sich befriedigt ab. Noch fünf Vorstellungen, er fürchtete, sie nicht mehr durchzustehen. Angst vor dem Gehen, Angst vor dem Stehen, Angst vor seinem Gesicht, das ihn immer fremder ansah. Ununterbrochen fiel ihm die Sache mit dem Käfig und Ezra Pound ein. Aber er konnte nicht mehr in Ruhe darüber nachdenken. Es fiel ihm nur ein und ängstigte ihn.

Vor der drittletzten Vorstellung betrank er sich derartig, daß er ein Tablett mit, wie ihm vorkam, unzähligen Gläsern und Flaschen, das er über die Bühne zu tragen hatte, fallen ließ, so daß sämtliche Gläser und Flaschen auf dem Bühnenboden zerbrachen und zersplitterten. Da es sich um eine ruhige Szene in einem ernsten Schauspiel handelte, durfte gerade hier so etwas absolut nicht passieren. Das Publikum pfiff und buhte und schlug sich auf die Schenkel, die Hauptdarsteller tobten. Er wurde zum Angeklagten in einem Schauprozeß. Torkelnd, zitternd und schweißüberströmt schlich er von der gleißenden, mit Glassplittern übersäten Bühne und aus dem Theater hinaus. Irgendwie kam er nach Hause. Taurig hatte sich bisher niemals betrunken. Gelegentlich etwas Wein zum Essen, ein Bier, wenn es heiß war, ein Whisky mit Eis in der Dämmerung an kühlen Tagen.

Am folgenden Morgen klingelte ihn der quirlige Intendant aus dem Bett und meinte, wenn er unbedingt wolle, könne man noch im letzten Arbeitsmonat ein Disziplinarverfahren gegen ihn anstrengen, das würde sich auf etwaige, künftige Engagements – dabei schien er leicht zu lachen, oder täuschte sich Taurig? – ziemlich negativ auswirken, wie er sich ausdrückte, und im übrigen bereite ihm ein kleiner Prozeß manchmal durchaus Freude. »Also ...« war sein letztes Wort, bevor er auflegte.

Unnötige Fragen gingen Taurig durch den Kopf, den er unter eisiges Chlorwasser hielt.

»Nur nicht auffallen!« Und wie die beiden letzten Vorstellungen überstehen? Die Hände zitterten. Es waren nicht seine Hände, die zitterten, er war es, der zitterte.

Am Morgen der vorletzten Vorstellung gegen vier Uhr starb überraschend der Intendant. Aus einer Mitte gerissen, er hatte allein gelebt, stets gesund gewirkt, ein ausgezeichneter Schwimmer von vierundvierzig Jahren.

Doch dieser Tod schmälerte Taurigs Angst nicht. Weder berührte noch interessierte er ihn. Sein einziger, beherrschender Angstgedanke war: »Nur nicht ausfallen!« Dieser kleine Satz raste den ganzen Tag, es war ein Samstag, durch seinen Kopf.

Er ging auf und ab, versuchte spazierenzugehen, zu schlafen, zu essen, ruhig zu sein. Der Emmentaler brannte an, er war kurz eingenickt, hatte eine wirre Szene von seinem Vater geträumt, in die der Geruch des verbrannten Emmentalers gedrungen war. Auf dem Weg zum Theater lief er beinahe in ein Auto.

»Nicht ausfallen!«, das »nur« hatte er sich bereits geschenkt. Vor seinem Auftritt wurde er plötzlich müde. Im Folgenden spielte er seine fünf Minuten anstandslos und mit einer ihm bis dahin unbekannten Kälte. Auch die allerletzten fünf Minuten an einem 23. Juni spielte er ruhig, klar und ohne weiter aufzufallen. Die Vorstellung fand statt. Man hat dann später nichts mehr von ihm gehört. Die Vorstellung findet statt.

Leute die lachen

Tatsächlich gibt es Leute, die lachen. Ich habe davon gehört. Auch gelesen, und darum muß es stimmen. Es sei denn, einer lügt. Es soll etwas Schönes sein.
An den, der mir zum ersten Mal davon erzählte, kann ich mich kaum noch erinnern. Ich weiß nur, es war an einem Regentag, der mir davon erzählte, trug einen tropfenden Mantel, erzählte schlecht und roch nicht gut, ich selbst war hundert Jahre jünger, er spuckte beim Sprechen und war bald wieder weg. Aber an seine Geschichte erinnere ich mich noch. Sie war nicht sehr lang, spielte an verschiedenen Orten zur gleichen Zeit, hatte so gut wie keine Höhepunkte, enthielt aber den für mich entscheidenden Satz: »Da mußten sie beide lachen.« Seit diesem verregneten Tag, Vormittag, Nachmittag, versuche ich diesen kurzen Satz in seinem ganzen Ausmaß zu begreifen. Es gab Zeitpunkte, einige wenige seither, zu denen ich im Begriff war ihn ansatzweise zu verstehen. Mehr nicht.
Ich war schon erwachsen, als ich wieder etwas Ähnliches hörte. Vom Lachen und von Leuten, die lachen. Ein Seemann in Ölzeug erzählte davon, in einer Schenke am Hafen, es war finster und still. Ein Feuer und Bier, das frisch gezapft wurde. Der Seemann war im Gehen. An seine Worte erinnere ich mich schon lange nicht mehr, nur daran, daß sie eine Neugier weckten, die mir viele Jahre später den Hals brach.

Bis zum heutigen Tag kenne ich keine Leute, die lachen. Ich habe nie welche gesehen.
Auch das Lachen selbst kenne ich nicht, von Anfang an nicht. Es muß mir nicht in die Wiege gelegt worden sein oder es fiel heraus, als jemand die Wiege zu heftig schaukelte. Aber vielleicht schaukelte dieser Jemand die Wiege deshalb so heftig, weil er an sich selbst verzweifelte. Und das wäre fast ein ausreichender Grund.

Woher

Woher kenne ich die alten und die neuen Zeitungen? Woher die Bücher, die Antiquariatsverzeichnisse? Woher weiß ich davon? Woher weiß ich von den Zugfahrplänen zwischen Lenggries und dem Holzkirchner Bahnhof aus dem Jahr 1962? Nur weil ich damals dort war? Und woher kenne ich die Radioprogramme mit ihren Hörspielsendungen, den stündlichen Nachrichten und den Mittagsglocken der ländlichen Kirchen? Wann hörte ich zum ersten Mal davon, wann las ich sie zum ersten Mal und in welcher Zeitung und warum in dieser? Und so könnte ich jahrelang weiterfragen. Unentwegt eine Frage nach der andern stellen. In der Früh, kurz vor dem Aufstehen, die erste Frage an den Tag richten, von der ich nicht weiß, wie sie lautet, aber ich könnte ja danach fragen. Ich könnte nach der Bettdecke fragen und den Federn darin. Ich könnte nach dem Holzboden fragen. Fielen mir unerwartet keine Fragen ein, möchte ich nicht darum bitten. Bitten ist mir von Grund auf verhaßt, was mich von jeher bestimmt hat, ist Verlangen und Gier. Antworten sind langweilig. Die Langeweile der Antworten und die Langeweile der Schneeschaufler. Wer träufelt sie ihnen ein? Und woher hat er das Gift?

Er, der

1
Er steht neben mir an der Kreuzung. Wir warten auf das Grün der Ampel. Er hat einen Schal um den Hals gebunden. Ich bin heute nicht rasiert. Die Ampel schaltet auf Gelb.

2
Wir fahren gemeinsam im Lift. Er erkundigt sich nach der Heizung in meiner Wohnung. Er heizt mit Holz. Dann bittet er mich, Pappkartons nicht wegzuwerfen. Er kann sie zum Heizen brauchen. Der Lift hält an.

3
Er ist im Garten und gießt die Blumen. Obwohl der Garten ihm nicht gehört, fühlt er sich für ihn verantwortlich. Wem gehört der Garten? Er betrachtet ihn liebevoll, fast verschämt. Er hat vergessen den Wasserhahn am Brunnen abzudrehen.

4
Gestern nacht ist er gestürzt. Er hat sich die Stirn blutig geschlagen. Er nimmt mich nicht wahr und achtet auf seine Schritte.

5
Er hält mir die Haustür auf.

6
Heute ist es neblig draußen. Wir fahren wieder gemeinsam im Lift. Beide wissen wir nicht, welcher Wochentag heute ist. Wir schütteln den Kopf über uns und müssen lachen. Es war ein Dienstag.

7
In dieser Woche ist seine Nachbarin gestorben. Sie hatte noch seine Tür erreicht und ihn um Hilfe gebeten. Bevor der Notarzt da war, hatte er ihr schon die Augen zugedrückt.

8
Er ist jetzt allein auf seinem Stockwerk. Die übrigen Wohnungen stehen leer. Wenn ich jemanden um Hilfe schreien höre, dann ist er es, sagt er mir im Lift. Gestern war der Lift kaputt.

9
Wir treffen uns im Lebensmittelgeschäft. Er fährt in den Urlaub und verabschiedet sich vom Lebensmittelhändler, dabei sagt er, daß er eigentlich immer Urlaub mache. Der Lebensmittelhändler wünscht ihm gute Erholung. Ein neuer Kunde betritt das Geschäft.

10
Er ist fort.

11

Im Hausflur hängt seine Todesanzeige an einem schwarzen Brett, an dem die Mitteilungen das Haus betreffend angeheftet werden. Er ist auf der Rückreise im Zug gestorben.

Wer

Ich weiß nicht viel. Ich beobachte mich. Wenn ich zufällig etwas wissen sollte, erschrecke ich, besonders wenn ich dabei unter Menschen bin. Niemand weiß, warum ich erschrecke, denn ich spreche mein Wissen nicht aus. Oft ist es größer als das der anderen. Gern würde ich insgeheim triumphierend darüber lächeln und den Triumph schweigend genießen, doch mein Blut schießt mir in den Kopf, und ich habe Mühe mich zu beherrschen, den Raum nicht zu verlassen.

Ich arbeite auch nicht viel. Ich habe eine im Verhältnis gutbezahlte Stellung bei der Krankenkasse. Ich bearbeite die Fälle mit eventuellen Chancen auf teilweise Heilung. Ich erhielt die Stellung auf Grund der Beziehungen meines Vaters. Ich bin daher bei den Kollegen nicht sehr beliebt, doch das stört mich nicht, ich weiß, nach Lage der Dinge bin ich nicht zu ersetzen. In meiner früheren Stellung bei den Belgischen Staatsbahnen befand ich mich in einer weitaus unsichereren Lage. Ich war der Fahrtkostenrückerstattung zugeteilt und prüfte nach Meinung meiner Vorgesetzten die Anträge zu ungenau, nach Meinung der Kunden zu pedantisch. Ein Dilemma, das ich nicht imstande war zu lösen. Meine erste Anstellung war mir die liebste, bei einer Privatbank in Eupen, ich denke mit Wehmut an sie zurück.

Obwohl ich schon bald vierzig bin, hatte ich in meinem Leben nur drei Liebschaften. Die erste erst mit zwanzig.

Die letzte liegt drei Jahre zurück. Wenn ich will, gehe ich zu einer Hure, die mich gut kennt. Mein Vater ist Abgeordneter im Parlament. Er lebt in der Hauptstadt. Wir sehen uns nie. Meine Mutter ist lange tot. Ich erinnere mich gern an sie, man konnte mit ihr sehr viel lachen. Im Sommer fahre ich am liebsten in die Berge. Bis vor einiger Zeit bevorzugte ich die französischen Alpen. Seit zwei Sommern fahre ich in die karnische Region, nachdem ich einen Unfall am Mont Lachat mitansehen mußte.

Aus meiner Schulzeit habe ich nur das Allernötigste behalten, wobei ich nicht weiß, was wirklich nötig und notwendig ist, doch für meine Tätigkeit in meiner Krankenkasse genügt es, dort ist man an vorgesetzter Stelle sehr zufrieden mit mir. Ich erinnere mich an meine devote Haltung gegenüber den Lehrern und an deren devote Haltung gegenüber dem Schuldirektor, und ich sehe meine devote Haltung gegenüber meinen Vorgesetzten und ich sehe wie ich nach unten trete.

Ich besitze ein Eineinhalbzimmerappartement in einem luxuriösen Neubau am Rande von Malmédy, dem Ort, in dem ich lebe. Hier bin ich so anonym wie alle anderen auch.

Zustände

Ich habe gewisse Traurigkeiten, bin meinen leichten Schwankungen unterworfen und im Genuß gelegentlicher Melancholien. Aber bin ich ein unglücklicher Mensch? Jemand fragte mich kürzlich danach. Ein wirklich unglücklicher Mensch? Ich will versuchen zu antworten.
Vielleicht ein schwieriger Mensch. Sicher ein schwieriger Mensch. Oder ein schlechter Charakter. Nicht durchwegs. Gelegentlich bösartig, aber im Grunde doch harmlos und leicht zu durchschauen.
Angefangen ist angefangen, aber aufgehört ist nie aufgehört. Ich kann einen Punkt setzen, ein Ende bereiten, Schluß machen, der Anfang steht da wie ein Block, erratisch, zu nichts zu gebrauchen, fast ewig.
Also zurück zu diesem Anfang, doch er ängstigt mich, er ist ich.
Ein wirklich unglücklicher Mensch? Die Antwort fällt schwer.
»Was machst du eigentlich?« Ich höre die Frage aus dem Mund einer jungen Frau, die sich gerade ihr Leben einrichtet. Sie fragt, ob ich mein Leben beschreiben kann, ob ich mir mein Leben vorspiele, ob ich mein Leben trage. In meiner Seele klingt es, als meinte sie, ob es für mein Leben nicht besser wäre, wenn es mich nicht mehr gäbe.
Ich beantworte ihre Fragen nach den herkömmlichen Mu-

stern, aber sie hört schon nicht mehr zu, sie fährt sich durchs Haar, wirft den Kopf zurück, lacht und nimmt einen Schluck.

Ich bemühe mich, wahrhaftiger zu scheinen, ändere den Tonfall, werde eindringlicher, senke düster den Kopf, spiele mit der Zündholzschachtel. Eine Antwort erwartend, schaue ich sie an. Dort wo sie stand, steht eine andere. Sie hört mir aufmerksam zu. Sie sieht mich mit großen Augen an und sagt nach einer Weile versonnen und mit belegter Stimme: »Du suchst das Beispiel für dich selbst immer nur in anderen Personen, nie in dir selbst. Das ist, glaube ich, dein Grundfehler.«

Ich zahle.

Ein unglücklicher Mensch? Wer hat mich eigentlich danach gefragt und warum wollte er es wissen? Ich weiß nicht, wann ich geboren bin, ich weiß nicht, wo ich geboren bin. Mit Sicherheit kann ich nur sagen, daß ich Deodorants aus Frankreich und Italien verwende. Sind das ausreichende Gründe um unglücklich zu sein? Wirklich unglücklich? Ich möchte sagen, nein.

Nein, das reicht bei weitem nicht.

Der Strand von Ventimiglia

Der Strand von Ventimiglia ist nicht der Strand von Ventimiglia, er ist der Strand von Gradisca, aber Gradisca hat keinen Strand. Dennoch ist Gradisca das Universum, Ventimiglia Provinz.

Wenn ich am Kiesstrand von Ventimiglia sitze, der nicht der Kiesstrand von Ventimiglia ist, sehe ich in der Ferne die Schatten von Albenga. Es sind keine Schatten, aber sie heißen so. Sie heißen deshalb so, weil sie Anfang dieses Jahrhunderts einer zufällig so nannte.

Schwieriger ist es mit den Hotels von Bordighera. Weder sieht noch findet man sie. Aber es gibt sie. Sie tragen alle keine Namen, das macht die Suche so schwierig.

Confine di stato, borderline. An den Grenzübergängen haben sie Bademeister eingesetzt. Wenn du am Strand von Ventimiglia liegst, kannst du sie sehen. Da stehen sie in ihren Badehosen vor den Grenzschranken, die Maschinenpistole lässig im Arm, und kontrollieren die Reisepässe der Menschheit. Manchmal schießen sie auf die Badegäste. Besonders auf die, die zu weit hinausschwimmen. Abends werden die Toten an Land gespült.

Wäre der Strand von Ventimiglia der Strand von Ventimiglia, so wäre er unerträglich und ohne Sinn, aber der Strand von Ventimiglia ist nicht der Strand von Ventimiglia, sondern der von Gradisca, obwohl Gradisca nicht am Meer liegt und keinen Strand hat, nur einen schmutzigen Fluß, um den – aus vergessenen Gründen – einmal gekämpft wurde. Und allein aus diesem Grund möchte ich noch am Strand bleiben und versuchen, den gezielten Schüssen möglichst geschickt zu entgehen.

Alter Schüler

Ich bin der älteste Schüler der Region. Ich scheue jede Mühe, jede Frage, jede Antwort, alles was mich nur im geringsten durcheinanderbringen könnte. Doch bin ich nicht faul, ich sehe mich um, ich registriere alles, jede Zuckung, jede Regung eines Gesichts, einer Hand, eines ganzen Körpers. Dinge, die man bei Prüfungen sehr gut beobachten kann. Ich selbst werde schon lange nicht mehr geprüft, doch ich darf bei Prüfungen als Beobachter dabei sein. Eine gesetzliche Sonderregelung gibt mir das Recht dazu. Auch darf man mich aus Gründen des Gesetzes nicht von der Schule weisen. Verschiedene derartige Bemühungen wurden oft in Gang gesetzt, scheiterten alle und wurden schließlich aufgegeben. Seit meinem dreißigsten Geburtstag gehöre ich auch keiner Klasse mehr an, sondern bin als Schüler mit Sonderstatus registriert. Viele meiner Lehrer sind jünger als ich, was wissen die vom Leben?

In die Schule, die ich besuche, tritt man mit zehn Jahren ein und verläßt sie nach bestandenem Abschluß im Alter von neunzehn Jahren, um anschließend auf die Universität zu gehen. Diese Regelung gilt, glaube ich, mit Abweichungen überall so. Ich bin die Ausnahme. Kränken mich meine Mitschüler mit abfälligen Bemerkungen, versuche ich wegzuhören, stoßen sie mich auf den Gängen mit den Ellenbogen in die Seite oder verstellen sie mir auf dem Schulhof unvermit-

telt den Weg, versuche ich so aufrecht und fest wie möglich weiterzugehen.
Ich habe ein großes Interesse für Geschichte. Geschichtliche Daten, Persönlichkeiten und Schauplätze haben mich von jeher begeistert. Aus diesem Grunde verstehe ich mich mit dem Geschichtslehrer besonders gut, manchmal könnte ich ihn fast einen Freund nennen. Da sich alle übrigen Lehrer weigern näher auf mich einzugehen, um meine immensen Schwierigkeiten zu begreifen, bleibt mir nur der Geschichtsunterricht als Ansporn und Freude. Hier stelle ich Fragen und gebe Antworten, in diesem Fach bin ich der beste Schüler der Schule, seit langem.
Mein Geschichtslehrer unterhält sich mit mir über das Ende der Weimarer Republik, über den Terror der Anarchisten im russischen Zarenreich, über Aufstieg und Fall der Geschlechter, Familien und Dynastien. In zwei Jahren wird mein Geschichtslehrer pensioniert. Ich weiß noch nicht, was ich dann machen werde. Ich werde vierzig sein, aber vielleicht kann ich den Geschichtslehrer dann nach der Schule treffen. Vielleicht würde er sich freuen. Allerdings besteht die Möglichkeit, daß er in einen anderen Ort zieht, ich kenne seine persönlichen Verhältnisse nicht. Zu einem günstigen Zeitpunkt werde ich ihn fragen müssen.

Park, öffentlich

Meine Kleine geht mit mir in den Park. Er ist öffentlich. Auch heute. Ein heller, gerader Tag, bisher ohne tote Kurven, ziemlich einstimmig das Ganze. Frisch geschnittene Hecken, Statuen in Alleen aus Dunkelheit, was wir uns wünschen.
Wir biegen ein, biegen aus, biegen wieder ein, in einen schmalen Weg, meine Kleine und ich, ein schmaler Kiesweg, von grauen Hecken gesäumt, der an einem kleinen, halbrunden Platz endet. Ein winziger Platz, kiesbestreut. Da stehen meine Kleine und ich.
Ein niedriger Stein steht in der Mitte des halbrunden Platzes, an dem Stein ist eine Tafel angebracht, schwarz, mit drei Reliefgesichtern. Links und rechts vom Stein, im Hintergrund, zwei Marmorbänke, zur Trauer einladend. Auf einer der Marmorbänke kniet eine junge Frau in einem weißen Kaftan, eine geflochtene Peitsche in der Hand. Sie sieht uns nicht an, sie sieht die Peitsche an.
Wir staunen nicht, fürchten uns nicht. Wir halten uns nicht lange auf, wir nehmen wahr, erkennen und machen schon wieder kehrt, vergessen, fast.
Wir spazieren weiter, durch Gartenanlagen, französische Architektur, vorbei an Brunnen und Fontänen, wir rasten und erfrischen uns, nach der Erfrischung werden wir müde. Meine Kleine will umkehren. Ich will umkehren. Wir fühlen uns nicht mehr parköffentlich.

Langsam gehen wir dieselben Wege zurück. Wir erinnern uns. Wir erinnern uns im gleichen Augenblick an den halbrunden Platz und schauen uns an. Ich will ihn noch einmal sehen. Meine Kleine will nicht. Wir stehen vor der Biegung in den schmalen Kiesweg. Die Biegung ist da, aber der schmale Weg ist weg. Dort, wo er einbog, wächst jetzt eine dichte, schmale, hohe Hecke. Dort, wo der kleine, halbrunde Ort war, wächst eine kleine, halbrunde Hecke. Haben wir die Orientierung verloren, sind wir woanders als vorher? Sind wir Opfer des Parks? Wir fragen, wir ernten Verwunderung, keine Antworten. Wo ist der Weg hin?
»Suchen wir weiter?« fragt meine Kleine erschöpft.
»Ich weiß es nicht.« gebe ich ihr zur Antwort und klopfe mir den Staub von den Knien. Der Tag bildet eine lange, tote Kurve. Eine fahle Dämmerung bricht herein, ich sehe sie zuerst bei meinen Schuhen, gelblich und staubig, über uns keucht der Himmel grün. Auf meiner Unterwasseruhr ist es zwei Uhr nachmittags. Zu früh für Dämmerungen, zu früh für gelbliche, staubige Dämmerungen.
Meine Kleine packt meine Hand, hält sie so fest, daß es wehtut, dann rennen wir los. Der Park ist leer. Leer und öffentlich. Gelblich und staubig. Die Parkaufseher hängen an den Bäumen. Wir laufen in die öffentliche Leere. Die tote Kurve schaukelt zerborsten über dem Abgrund. Die Dämmerung erreicht das Grundwasser und verschlingt uns. Dieser Tag ist vorbei. Dieser Park ist vorbei. Wie alt sind wir?

Beide

Sie waren am Ende ihres Lebens angekommen. Beide. Sie wußten nur noch nichts davon, wenn auch in den vorangegangenen Tagen so etwas wie eine Ahnung in der stickigen Luft der Einzimmerwohnung lag. Sie trösteten sich damit, daß Ahnungen häufig in der Luft liegen, die dann wieder verschwinden wie die Wolken.
Und so hatten sie auch diese Ahnung nicht sehr ernst genommen, weiter ihren Tee getrunken, weiter ihre Beiträge eingezahlt. Beide.
An den Morgen der vorangegangenen Tage waren sie ohne einen Anflug von Haß erwacht, nur mit einer gleichgültigen, leicht fauligen Antipathie. Ihre Antipathie galt der Ungleichmäßigkeit der verlaufenden Tage und ihrer dennoch nicht zu leugnenden und an Haferschnaps erinnernden Klarheit. Manchmal hatten sie das Gefühl, die Tage ruhten sich bei ihnen aus, machten bei ihnen Pause, ausgerechnet bei ihnen, in ihrer kleinen, vollgeräumten Wohnung. Beide tranken weiter ihren Tee, sieben Tassen pro Tag.
Als sie sich an diesem Morgen beide zur gleichen Zeit aufzulösen begannen, merkten sie zunächst nichts davon. Sie plauderten friedlich über die unzähligen Hutschachteln, die den Boden bedeckten, über die Beiträge und über Pflaumentee, den sie beide nicht mehr mochten und den sie früher beide so geliebt hatten und über die Farbe Zartes Rauchblau, die sie beide immer noch ein wenig liebten, also über viel.

Als sie einander nicht mehr sahen, nur noch die Teetassen sehen konnten, die anmutig in der stickigen Luft schwebten, da begriffen sie.
»Ich fühle mich frei«, sagten sie beide.
»Ich fühle mich locker«, sagte sie.
»Ich fühle mich entspannt«, sagte er.
»Gelöst, ruhig«, hörte man beide.
Als nach einigen Wochen die Tür aufgebrochen wurde, lagen die Teetassen zerbrochen zwischen unzähligen Hutschachteln, in den Verwesungsgestank mischte sich der Duft von Pflaumenöl.

Vom ersten Wissen

Das erste Wissen lehrte der erste Schrei und nahm es wieder mit sich fort. Als er für das Kind nur mehr eine ausgelöschte Erinnerung war, drehte der Schrei noch einmal seine Kreise, tanzte als Insekt zur Zimmerdecke, bevor er durch das leicht geöffnete Fenster als ein Stück Licht verschwand. Keiner der im Geburtszimmer Anwesenden hatte etwas gesehen oder bemerkt. Außer dem Kind.
Der Schrei weiß. Das Wissen schreit. Sekundenlang.
Jahre vergingen. Das mühsame, spätere Wissen erschien auf der Bildfläche, betrat mit einer Gebärde der Drohung den sonnendurchfluteten Raum. Das Kind erschrak.
»Kann ich die Zahlen und die Buchstaben tauschen, die Wörter und die Dinge?« fragte das Kind.
»Man kann nicht.« hörte das Kind.
Die folgenden Wissen, das zweite, das dritte, undsoweiter, aufgewärmte Drohungen und Warnungen, die sich als erstes, elementares Wissen ausgaben, konnten mitunter recht anschaulich erzählen, von den längsten Flüssen, den höchsten Wasserfällen, von Steppen, Wüsten und Savannen, von den verschiedenen Geschwindigkeiten, Steigungen und vom System der Sonne erzählten sie.
Sie brachten bunte Bilder mit, farbige Tafeln, Papier zum Ausschneiden und Kleben.
Das falsche Wissen präsentierte sich in Gestalt von Lehrern

und Lehrerinnen, aus ihrem Mund hörte das Kind graue Worte, die gern Begriffe genannt wurden.
Das Kind hörte von Körper und Geist, von Leib und Seele, von Lesen und Schreiben, von Essen und Trinken und von Gehen und Laufen.
Das Kind verstand.

Lebensberatung

Ich arbeite in der Lebensberatung. Kleines Büro, großes Haus. Das Haus ist grau, innen wie außen, aber die Farbe macht mich nicht trübsinnig wie so manchen anderen, der mich hier aufsucht, sondern heiter, lebensfroh. Eine Stimmung, die für meinen Beruf von geradezu existenzieller Wichtigkeit ist.
Zwei Türen weiter herrscht die Eheberatung, ihr Büro ist um vieles größer als meines. Eine Tür weiter sitzt ein gemeinnütziger Verein für freiwilliges Sterben, ein kleiner, aber beharrlicher Zirkel. Die Bürovorsteher wechseln monatlich, man sieht sie nie wieder. Mein Büro ist täglich außer Samstag, Sonn- und Feiertag von zehn bis zwölf besetzt. Ich berate gut und gerne in allen Lebenslagen bei geringem Kostenaufwand. Entweder führt meine Methode zum Erfolg, oder der Kunde tritt dem gemeinnützigen Verein eine Tür weiter bei. In der Regel gehen die ratlosen Kunden zunächst zur Ehe- und dann zur Lebensberatung, um schließlich dem freiwilligen Sterben beizutreten. Unsere Büros helfen sich gerne gegenseitig.
Ich berate differenziert und individuell, entweder hat der Kunde nach einem Besuch bei mir wieder Hoffnung geschöpft oder er hat den letzten Rest verloren. Zu meinen Stammkunden zählen ein achtzigjähriger, zwangspensionierter Staatsanwalt, eine geschiedene Stewardeß und ein

junger Bäcker, ihn konnte ich vergangene Woche von seinem dritten Selbstmordversuch abhalten, seither habe ich ihn nicht mehr gesehen. Ich beginne mir Sorgen zu machen.
Der alte Staatsanwalt hat vor bald fünfundzwanzig Jahren einen Unschuldigen an den Galgen gebracht, seither leidet er an unheilbaren Zwangsvorstellungen. Der Stewardeß fehlt nichts außer einem Mann, nur konnte ich ihr das noch nicht begreiflich machen.
Wir leben alle in Nordhorn, einer unbedeutenden Stadt im Norden Westdeutschlands nahe der holländischen Grenze.
Was meine Person betrifft, so stehe ich im vierzigsten Lebensjahr und lebe allein im Parterre eines Einfamilienhauses am Stadtrand, die übrigen Räume sind leer. Ich entspanne mich bei klassischer Musik und koche an den Wochenenden chinesisch.
Manchmal, besonders nachts, fürchte ich mich vor einer plötzlich auftretenden, heftigen Persönlichkeitskrise. Ist die Angst abgeklungen, erscheint sie mir irrational und absurd, denn ich bin ein gefestigter Mensch.
Meine geschiedene Frau lebt im Süden des Landes in der Bodenseegegend. Ihr jetziger Lebensgefährte ist elf Jahre jünger als sie. Ich bin fünf Jahre älter als sie. Unsere Ehe blieb kinderlos und wurde in gegenseitigem Einvernehmen geschieden.
Einmal im Monat besuche ich einen Fortbildungskurs in Osnabrück. Meistens fahre ich mit der Eisenbahn, das gibt mir dieses unbestimmte Gefühl von Weite, in das sich eine nicht unangenehme Schwermut mischt.
Seit bald zehn Jahren arbeite ich nun für die Lebensberatung und kann mir keinen anderen Beruf mehr vorstellen. Manchmal möchte ich fast von einer Berufung sprechen. In den er-

sten Jahren meiner Tätigkeit arbeitete ich mit einem älteren, weißhaarigen Herrn zusammen, der strenggenommen mein Vorgesetzter war, mich diese Tatsache aber nie spüren ließ. Als er in den Ruhestand trat, wurde ich von der übergeordneten Behörde zu seinem Nachfolger bestimmt. Ich arrangierte eine kleine Abschiedsfeier und schenkte ihm ein Buch. Außer einer Ansichtskarte aus dem Schwarzwald hörte ich nichts mehr von ihm, bis ich vor einem Jahr durch Zufall erfuhr, daß er sich erschossen hatte. Im Schwarzwald. Wie sich herausstellte, war er heimlich dem gemeinnützigen Verein beigetreten, schon viele Jahre früher.
Für die nächsten Wochen wartet eine Menge Arbeit auf mich, auch bürokratischer Natur, denn die Lebensberatung wird staatlich gefördert und geprüft. Ich werde für alle Unregelmäßigkeiten zur Verantwortung gezogen, das belastet mich gelegentlich.
Ich werde mich verstärkt um die Stewardeß kümmern müssen, sie erscheint mir vorübergehend suizidgefährdet. Im Augenblick befindet sie sich in Madrid. Auch den jungen Bäcker darf ich nicht seinem Schicksal überlassen. Wenn er nicht bald zu mir ins Büro kommt, werde ich ihn an seinem Arbeitsplatz in der Brotfabrik aufsuchen müssen. Das Telefon läutet. Das ist sicher der Staatsanwalt.

Lange Verletzung

Ich glaube, es fing mit meiner Geburt an. Möglicherweise geschah es auch einige Wochen davor oder einige Monate danach. Genaueres ist mir nicht bekannt. Ich kann auch nichts über die Art und das Ausmaß der Verletzung mitteilen, ich kann nur sagen, sie dauert an.

Verliert man den Schlüssel, stellt sich die Schlüsselfrage. Sollte man den Schlüssel jemals wiederfinden, stellt sie sich ein zweites Mal.

Der Verlust des Schlüssels und die daraus resultierende Frage sind Teil der Verletzung.

Sie äußerte sich in allen bisherigen Lebensabschnitten auf unterschiedliche, jedoch regelmäßig auf unvorbereitete, versteckte Art. Es gab keine direkte Attacke. Ich bin übrigens stellvertretender Leiter der Auslandsabteilung in der Tochtergesellschaft einer der größeren Handelsbanken. Mein Name tut nichts zur Sache. Ich bin jünger als ich aussehe und lebe allein. Meine Tätigkeit lastet mich aus. Das Arbeitsklima könnte nicht besser sein.

Von meiner Wohnung im Frankfurter Nordend zu meinem Arbeitsplatz im Westend fahre ich ungefähr eine Viertelstunde, je nach Verkehrslage. Meistens nehme ich den Bus, das Auto benütze ich nur selten. Das Mittagessen nehme ich in einem von Geschäftsleuten und Bankern wenig frequentierten italienischen Lokal ein. Ich habe eine Vorliebe für Teigwaren.

Gestern nach dem Mittagessen tauchte aus dem Grappaglas eine frühe Kindheitserinnerung wieder auf. Das Bild zeigte mich auf einem hölzernen Dreirad sitzend, von dem die Farbe abblätterte. Es muß der sehr frühe Morgen eines Sommertags gewesen sein. Meine Mutter rief nach mir, ich wußte, viel Zeit würde mir nicht mehr bleiben, bald würde ich mich auf den Weg in den Kindergarten machen müssen. Still saß ich auf meinem Dreirad und kostete die verrinnenden Sekunden.

Heute morgen beim Rasieren erinnerte ich mich an einen anderen Tag aus einer späteren Zeit. Es könnte ein Tag im April gewesen sein, einer dieser regnerischen, durch und durch nassen Apriltage, an denen das Wasser, das an den Fensterscheiben herunterrinnt, die vergehende Zeit anzeigt. Einer dieser Tage mußte es gewesen sein. Ich war sieben oder acht Jahre alt und wollte unbedingt hinaus ins Freie, in die nasse, abenteuerliche Luft hinaus. Meine Eltern waren verreist und eine Frau gab auf mich acht, die in der Küche saß und rauchte und mich nicht hinaus ins Freie lassen wollte. Sie saß immer, wenn sie auf mich aufpassen mußte, in der Küche und rauchte. Über den weiteren Verlauf dieses denkwürdigen oder bedeutungslosen Nachmittags weiß ich nichts. Ich erinnere mich nicht an mehr, auch das ist wohl Teil der Verletzung. Vielleicht könnte ich es. Ich habe nicht den allerbesten Willen.

Einer meiner Bekannten aus der Branche, mit dem ich in den vergangenen Monaten häufiger telefonierte und korrespondierte – einmal trafen wir uns auch zu einem ausgedehnten Spaziergang im Taunus mit einem anschließenden Essen im Schloßhotel Königstein – riet mir – ich hatte ihm ein wenig von mir erzählt – meine Gedanken und Beobachtungen in

Tagebuchform festzuhalten. »Vielleicht wird mal ein Buch daraus«, meinte er freundschaftlich bei einem unserer letzten Gespräche.
Ich habe seinen Rat befolgt und damit begonnen, altmodisch mit Füllfeder und Löschpapier. Ich ahnte nicht, wie schwer es mir fallen würde. Beim Niederschreiben meiner Gedanken und Beobachtungen mußte ich das Schreiben, das Denken und das Sehen neu lernen. Wie eine bis zu diesem Zeitpunkt fremde Sprache, von deren Existenz man nicht einmal wußte. Ich fühlte mich in mein erstes Schuljahr zurückversetzt, als mir alles bis dahin Natürliche zur Frage wurde. Mit jedem weiteren Schritt erreichte ich unsichereres Gelände.
Als ich es nach etlichen mühevollen und trostlosen Tagen zu einer gewissen Lockerheit gebracht hatte und diese mir bis vor kurzem unbekannte Arbeit schon fast eine liebe Gewohnheit geworden war, ging ich eines Morgens zu Fuß ins Büro. Ich hatte Zeit. Es war noch früh, ich war um vier Uhr aufgewacht und nicht mehr eingeschlafen. Ich spazierte über die noch stille Rothschildallee und gelangte schließlich in den sogenannten Grüneburgpark, einen der größeren Tummelplätze.
Ein Morgenläufer rannte mich fast über den Haufen, als ich gedankenverloren ein wenig vom Weg abkam. Meine bis dahin angemessen fröhliche Laune wich durch den eher harmlosen Zwischenfall einer gelinden Depression, dieser Morgen erschien mir von einem Moment zum anderen als fatal. Düster und ausweglos, beklemmend, bedrohlich schienen mir noch die harmlosesten Adjektiva für diese geballte Maßlosigkeit zu sein. Fast mußte ich lachen vor soviel unheilschwangerer Luft. Die lächerlichen Gedanken, die noch kurz zuvor

um die Geschäfte des Tages gekreist waren, Valuten, Devisen, Investment, waren ausgelöscht.
Ich erkannte den Grund meiner Depression und begriff, daß ich bis an mein Lebensende keiner anderen Arbeit nachgehen würde und dennoch nicht wegen dieser Arbeit auf dieser Welt war. Daß alles, was mich anging, so bleiben würde wie bisher und aus diesem einzigen Grund alles anders geworden war.
Von der aufsteigenden Traurigkeit wurde mir beinahe übel. Ich setzte mich auf eine von einer Großbank gestiftete Parkbank, betroffen von einer banalen Erkenntnis, während aus einem anderen Teil des Gehirns schon wieder Zahlenkolonnen strömten.
Die Vorsehung erschien mir als eine nicht besonders schwere, doch permanente Verletzung, als ginge einer eine Mauer entlang und würde im Tempo seiner Schritte mit einem kleinen Messer eine leichte, kaum sichtbare, endlose Kerbe ziehen.
Mit verschwimmendem Blick sah ich von weitem einen zusammengebrochenen Jogger, dem Erste Hilfe geleistet wurde. Mir schien, es war derselbe, der mich kurz vorher fast umgerannt hätte.
Ich hatte einen Schlüssel wiedergefunden, zur verordneten Chance. War es der Schlüssel, den ich für immer verloren geglaubt hatte? Oder ein anderer, unbekannter?
Den Schlüssel, den ich meinte, hatte ich zuletzt vor dreißig Jahren in der Hand gehalten, als ich gerade noch ein Kind gewesen war.
Ein Rettungswagen fuhr über den Rasen.
Ich war auf der Schwelle gestanden, Schutz suchend, als ich hinter mir ein Geräusch hörte, hatte ich mich umgedreht, da-

bei war ich gestolpert, der Schlüssel war auf den Boden gefallen, das Licht verlöscht.
Die Jahre waren passiert, der Verlust wurde von mir vergessen. Jetzt hatte ich die richtige Frage wieder, vor Augen und in den Händen. In diesem grünen Tummelpark, an einem frühen Morgen, unvorbereitet, unvorhergesehen ... Sollte ich sie stellen?
Ich stand von der Parkbank auf, blickte auf die andere Seite des Rasens, wo ein Mann im weißen Kittel die Türen des Rettungswagens schloß, dann setzte ich mich in Bewegung, beschleunigte meinen Schritt und ging mit wachsender Entschlossenheit in mein immerwährend tägliches Geldgebäude.
Der Arbeitstag verlief besonders reibungslos, beinahe glänzend, mit einer Reihe von Abschlüssen.
Abends notierte ich in mein Tagebuch: Habe heute die mich betreffende Schlüsselfrage nicht gestellt. Hätte es tun können, ließ es aber. Stolz.
Nach der Niederschrift erlitt ich einen Lachkrampf.
Nach wie vor trage ich meine Gedanken und Beobachtungen täglich in das Buch ein, wundere mich, daß ich noch am Leben bin und soll dennächst zum Leiter der Auslandsabteilung befördert werden.

Dir

An Geschäften vorbei. In Geschäfte hinein. Glitzerndes fällt über die Hand. Du bindest es um den Hals. Drei Blicke in den Spiegel. So soll es sein. Das Halstuch oder was immer. Du siehst Neues. Gelbes. Der Mann neben Dir sieht die Verkäuferin an. Bald wird er ungeduldig sein.
Du gehst aufs Gelbe zu. Aus der Nähe wirkt es matt. Das Gelbe liegt vor einem Stützpfeiler aus Sperrholz. Geht man um den Stützpfeiler herum, betritt man den hinteren Verkaufsraum. Stahlbeleuchtung, Geschmackskanten aus allen Richtungen. Pullover und Pullunder, einige Hosen und mehr. Keine Verkäufer und keine Registrierkassen, keine Hintergrundmusik und vor allem keine potentiellen Käufer außer Dir. Ist der Mann hinter Dir? Dein Mann? Nein. Soll er im vorderen Verkaufsraum bei der Verkäuferin bleiben, schöne Augen machen, soll er doch in ihr Haar greifen, fahren, darin wühlen.
Der Raum beginnt sich zu dehnen, Du gehst jetzt weiter. Nicht ins Unendliche, fast ins Unendliche. Ein Pullunder tut Dir etwas an.
Nimm ihn, nimm ihn, steck ihn ein, stopf ihn rein!
Diese Stimmen, einmal so, einmal so! In die Tasche oder wohin? Unter den Mantel? Nimm ihn . . .
Der Teppich wechselt die Farbe. Das sanfte, lindernde Grau wird von moosgrünen Kindheitserinnerungen überrollt.

Dann bitterer Geschmack in Deinem Kopfmund. Wieder vorbei, der Farbenwechsel. Der Raum rundet sich jetzt leicht. Eine schwungvolle Rundung am Ende.
Du siehst die lange Verkaufstheke aus Glas, unter dem Glas Diamantringe, in jeder Vitrine einen Ring, sieben insgesamt. Du gehst schwingend auf die Theke zu, den Pullunder unter dem Pullover, bleibst stehen, beugst Dich übers Glas. Da liegen sie.
Du schaust auf, blickst zurück, Du bist allein. Panzerglas? Glastäuschung? Im Glas spiegelt sich der Mann. Dein Mann. Du drehst Dich um, Schrecken unter der Haut. Du zitterst lächelnd. Er hat Dir etwas gekauft und will gehen. Er sagt, die Verkäuferin wartet. Er hat schon bezahlt, sagt er. Eine Überraschung.
Du hörst Musik. Ein duftender Verkäufer beginnt Pullunder zu sortieren. Registrierkassen beleben piepsend das Geschehen. Du lächelst wieder. Und zitterst stärker. Ob Dir etwas sei, fragt Dein Mann. Du antwortest natürlich. Er beginnt mit weitausholenden Schritten zu gehen. Er hat Dich am Arm genommen und schleift Dich mit sich. Kurzer Blick zurück zu den Vitrinen, Lächeln, kleines Winken.
Im überladenen, vorderen Verkaufsraum lächelt Dich die Verkäuferin an, Dein Mann lächelt zurück. Aus dem hinteren Verkaufsraum, um den Stützpfeiler aus Sperrholz herum, tritt der duftende Verkäufer. Pullover ... Pullunder ... Der Verkäufer ist grünbleich. Du sorgst Dich um ihn, gebt ihm ein Steak, denkst Du Dir! Gebt ihm zwei Steaks! Seht nur, wie blaß er ist! Seht alle hin! Dort! Dorthin sollt ihr sehen, nicht dahin! Lauft und kauft das Fleisch! Gut abgehangen, versteht ihr! Gut abgehangen und ein halbes Kilo darfs ruhig sein.

Dein Mann fing Dich gerade noch auf. Eine gläserne Vitrine splitterte. Die Verkäuferin schrie, wie üblich, doch sie schrie lächelnd, als wollte sie den Schrei zum Verkauf anbieten. Dein Mann stand ernst, aber gefaßt. Und der duftende Verkäufer war verschwunden. Parfümwolken beherrschten den vorderen Verkaufsraum.
Ein weiterer potentieller Kunde betrat das Geschäft. Doch er drehte bei Deinem Anblick wieder um, ging ziemlich schnell aus dem Geschäft. Die Verkäuferin hatte begonnen im Staccato zu schreien. Brüllte wie ein verkauftes Tier. Dein Mann hielt ihr mit seinem ausgestreckten rechten Arm den Mund zu, mit dem linken hielt er Dich. Sein Mädchen. Sein Anzug war jetzt eindeutig zerknittert. Seine Härte war zerknittert. Die Krawatte hing herum. Seine Zähne wackelten. Auf den Schuhen bildeten sich Flecken. Helle Flecken. Schwarze Schuhe. Sein Mädchen schwankte hin und her.
Wie er mich falsch hält! Wenn er mich doch loslassen würde, Ungeschicklichkeit ist eisern. Parfümmischungen, Glas, Glas, Gold!

Die Erinnerung an Bologna und andere

Bologna entließ uns im Regen. Er zog uns die Zeit, die wir ihn gekostet hatten, von unserem Leben ab und versperrte sie in einem der vielen hundert Schränke seines Sitzes außerhalb der Stadt.

Zum Abschied lächelte er mürrisch, wünschte uns murmelnd manch Gutes, gab uns noch einen Führer mit, einen ehemaligen Weihbischof, der sich nicht auskannte, und verschwand im Haus, wir hörten, wie sich seine Schritte entfernten.

Wir eilten bei stürzendem Regen durch Hallen und Arkaden, vorbei an Kirchen und fallenden Palästen. Wir trafen auf ausrangierte, bettelnde Kardinäle, die keiner Zeit mehr angehören durften. Auf geifernde Jesuiten, die mit Schneidbrennern versuchten, die Säulen der Kirchen, die sie für die Unendlichkeit hielten, zu zersägen. Uns beachteten sie nicht, nur einer kreischte mit Kastratenstimme unflätige Beschimpfungen hinter uns her. Unser Führer machte das Kreuzzeichen und lief schneller. Wir hasteten an Kerzenstümpfen im Regen vorbei, an Wachswasserteichen, an durchbohrten Katzen in den Arkadengängen, wir erreichten die Markthallen, wurden von den Händlern, vor denen die Melonen, Schweinehälften, Artischocken, Eier, Käse faulten, glasig, gierig und schweigend angestarrt. Die Gerüche erinnerten uns an die Hölle, doch woher kannten wir die Hölle? Als ich sehr nahe daran war, mich an sie zu erinnern, den Gestank hatte ich darüber schon fast vergessen, stolperte ich über eine Kiste frischer, weißer Trüffel, ich stopfte mir die Taschen damit voll. Wenig später blieb unser ehemaliger Weihbischof vor einer Sargtischlerei erschöpft stehen und sah uns zu Tode ermüdet aus seinen schwarzen Augenhöhlen mit verwirrtem Blick an. Ob wir nicht alleine weiterfänden, er führe anschließend noch das Konzil von Trient durch die Stadt. Und er müsse sich – an dieser Stelle rang er um Fassung – dazwischen kurz ausruhen. Er war nicht mehr fähig unsere Antwort darauf abzuwarten, da er in einen tiefen, ewig scheinenden Schlaf gefallen war, in dem er aussah wie das Skelett eines Papstes. Wir rannten davon.

Wie viele wir waren, kann ich heute nicht mehr sagen, möglicherweise waren wir auch nur zu zweit. Überhaupt kann ich heute nur mehr aus der verbleibenden Erinnerung, die gering ist, von dem Tag, dieser Stadt, den vergangenen Wirklichkeiten dieser Tage sprechen.

Der Regen begleitete uns überallhin, auf unseren Irrwegen durch die, wie es uns – oder nur mir – damals schien, ausweglose, labyrinthische Kloakengruft, die keine Steinplatte, sondern der geschlossene Himmel bedeckte.

Laut Befehl von Bologna mußte unser Ziel der Bahnhof sein, damit wir aus der Stadt verschwänden. Für immer. Wir vergaßen es.

Leichenwasser, in erhöhten Säulengängen zu Staub zerfallende Nonnen, die nach dem Herrn, ihrem Gott riefen. Die Rauchschwaden, die von den Feuern der Armen kamen, bissen sich in unsere Stirnhöhlen und Luftröhren und schienen unsere Augen zu zerbrennen.

Wir erkannten Lilith, die im Schein der Armenfeuer tanzte,

die Wanderer lagen zu ihren Füßen und schauten zu ihr auf.
Ich erinnere mich, daß ich in einen frischen, weißen Trüffel biß, daß er nach Galle schmeckte, und ich daraufhin meine Taschen leerte und alle weißen Trüffel ins nächste Feuer warf. Als die Armen das sahen, gingen sie mit Fäusten und Fußtritten auf mich los. Es wurden mehr, und sie hatten Steine und glühende Scheiter. Einer tauchte in der Menge auf, der sie ablenkte, denn sie schienen mich vergessen zu haben, einige von ihnen warfen sich zu Boden, ich erkannte Bologna, der auf sie einschrie, und konnte mich in vorletzter Sekunde vor den Tobenden retten, so rannte ich um mein verbliebenes Leben. Unter einem Torbogen, wo man die Wegelagerer aufgehängt hatte, wartete ich auf ihn. Bologna war wieder ein alter Mann geworden, es dauerte lange, bis er endlich kam. Als er mich sah, fluchte er und verwünschte mich, ich hätte die Ärmsten, die die Schlimmsten seien, aufgehetzt, diese Brut, dieses dreckige Gesindel. Er hätte mir nur geholfen, damit ich endgültig die Stadt verlasse. Er würde mich jetzt persönlich zur Station bringen, ich hätte keine andere Wahl. Ich hatte keine andere Wahl und ich haßte ihn. Als ich nach den anderen fragte, gab er zur Antwort, die seien erschlagen und verbrannt. Es war Abend geworden. Wir gingen die breite Straße hinunter, als wären wir Freunde, redend, gestikulierend, schweigend.
Ich sah in die erleuchteten Restaurants, sah die gemessenen, weißhaarigen oder glatzköpfigen Kellner und die wieselnden Schwarzhaarigen. Gäste gab es keine oder sie waren nicht sichtbar. Da er meine Gedanken erriet, meinte er: »Sie können erst wieder in Ferrara essen, erst in Ferrara dürfen Sie aussteigen«, und mit sadistischem Pathos fügte er hinzu »und

schauen Sie in keinen Spiegel, bevor Sie die Stadt verlassen haben!«
Ich begriff nicht ganz, wie das bei mir fast immer der Fall ist, tastete mein Gesicht ab, konnte nichts Außergewöhnliches finden, mußte mich an seine Worte halten, abwarten, Angst haben, ihn weiter hassen. In weniger als einer Viertelstunde hatten wir Bologna Centrale erreicht, wir befanden uns wieder in der Neuzeit, betrachteten den Bombenkrater, standen noch kurz herum, bis mich Bologna drängte, die Fahrkarte zu lösen. »Einmal Ferrara ohne Rückfahrt!« rief er triumphierend über die Menschenschlange, die sich vor dem Schalter gebildet hatte. Damit war er verschwunden, grußlos, wie er das immer gehalten hatte. Ich stand als Letzter in der Schlange und erhielt meine Karte als Erster.
Ich stieg in den falschen Zug, in dem ich der einzige Passagier zu sein schien. Dies geschah ohne Absicht und war einer der reinsten Zufälle, wie es mir aus der heutigen Sicht erscheint. Der Zug endete in einem entlegenen, vergessenen Randbezirk Bolognas. Ich hatte die Stadt nicht verlassen und war jetzt tödlich bedroht. Das Viertel war ausgestorben, Ratten und Hunde waren die letzten Bewohner. Der winzige Bahnhof war eine Ruine, die Züge fuhren nur noch zur Erhaltung des Fahrplans.
Schlotternd stand ich vor der zerborstenen Eingangstür, ich zitterte um mein Leben, als mir der Gedanke kam, ob ich in diesem Augenblick eine komische oder eine tragische Figur sei, diese Überlegung lenkte mich von meinem Angstzustand ab. Als ich zu dem Resultat kam, daß sowohl die Tragik als auch die Komik im Zusammenhang mit den vorhergegangenen und den darauf folgenden Ereignissen gesehen

werden müssen, hatte ich noch viel mehr Angst, diesmal wühlte sie direkt in meinem Herzen.
Das Angstherz ist von allen Organen das Ausgesetzteste, das Tier auf der Schlachtbank, der Verurteilte angesichts des Hinrichtungskommandos, es ist der Weg, den man einmal eingeschlagen hat ... Hier stand ich also wie der zum Tode Verurteilte vor einem winzigen, fast völlig verfallenen Vorortbahnhof, im Herzen Italiens. Tod durch den Strang, fiel mir ein, ziehen wir nicht alle an einem Strang? Ich wußte, Bologna würde mich finden und keine Entschuldigung gelten lassen. Rasch entwickelte ich die Instinkte des Gejagten und wurde selbst zum Jäger.
Bologna, der seine kurze Nase viel zu hoch trug, der mit entrückt erhobenem Kopf durch die Straßen stolzierte, mit seinem gepflegten Oberlippenbärtchen, der es nie versäumte zu erwähnen, daß er ein direkter Nachkomme von Jean de Bologna, dem Künstler, war. Bologna, der feinsinnige Liebhaber der schönen Künste ...
Er würde kommen, er mußte kommen!
Ich versteckte mich in den Resten des Stationsgebäudes, in einer Art von Raum, der einmal dem Aufenthalt von Wartenden gedient haben könnte. Ich wartete jetzt hier. Durch ein Loch in der Mauer, das an ein Fenster erinnerte, konnte ich die Straße überblicken. Still lag sie in der sternklaren Nacht vor meinen Augen, und ich begann mich zu beruhigen. Einen abgebrochenen Flaschenhals, der neben dem Eingang gelegen war, hielt ich fest umklammert. Ich würde ihn töten.
Enrico Bologna, der Mann, der die Fäden zu ziehen meinte, der Königsmacher, der seine Familie hatte ermorden lassen, weil er sich vor ihr zu fürchten begann, der einem die Zeit wegnahm, wenn man ihn seiner Meinung nach zu lange auf-

gehalten hatte. Der die Zeichen der Macht und des Hasses trug und der vorgab, sich und andere vom 20. Jahrhundert, das er nicht müde wurde zu beschwören, ins Mittelalter versetzen zu können. Enrico, der nur die Zeichen trug, der die Attitude des Herrschers hatte, aber kein Herrscher war. Der Scharlatan, Rico, der Schauspieler, der windige Betrüger.
Jetzt war ich gewappnet, ich erwartete ihn.
Als ich erwachte, lag ich im Staub, die Sonne brannte auf mein Gesicht, mein Mund war ausgetrocknet und pelzig, die Kieferknochen waren verkrampft aufeinandergepreßt, so daß mein ganzes Gesicht schmerzte, ein widerlicher Hund beschnüffelte meinen Hals, direkt über meinem Kopf zappelte eine Fleischfliege in einem Spinnennetz, den Flaschenhals hielt ich noch immer in meiner Faust umklammert. Ich schlug nach dem Hund, er rannte jaulend davon.
Es mußte gegen Mittag sein, nach der Sonne hatte ich mich noch nie orientieren können, und meine Uhr hatte mir Bologna abgenommen.
Er war nicht gekommen. Reichte sein berühmter Riecher nicht bis hier, in diesen toten Winkel Italiens? Enrico Bologna, Vertrauter des Klerus und der Mächtigen hatte mich nicht gefunden – oder nicht gesucht ...
Ich war enttäuscht. Was hatte ich erwartet? Ich hatte gehofft ihn zu töten. Und er war einfach nicht gekommen, weil er sich nicht mehr mit mir abgab. Das war die banale Wirklichkeit. Er hatte Wichtigeres zu tun. Doch woher wußte ich das? Ich hatte ihn geträumt.
Ich versuchte mein Spiegelbild im Glas des Flaschenhalses zu finden. Ich war geblieben, was ich immer gewesen war.
Ich ließ den Flaschenhals fallen und zerbrechen, klopfte mir den Staub ab und wartete auf den nächsten Zug.

Zu viel versprochen

1 Früher

Die Täler vereisten, die Berge wurden niedergerissen, den Blick zur geschlossenen Königspforte gerichtet, weiter nach oben, verwehender, geschlossener Himmel. Hungrige, verletzliche Erinnerung an Jahrtausende stieg als Nebel über Geröllhalden auf.

Halt! Wie kannst Du so etwas schreiben? Nie dagewesenes so verschmieren? Schülerhaft, tagebuchartig, schattig dahinträumend, pubertierend . . .

Das Ende des Paradieses wies den Weg zu einem Gelände der Offenheit. Indianermünder, Grasmünder in Verstecken am Fluß. Ein Ort taucht auf, die erste Eifersucht, auf einen Kieselstein, das erste dauert an, das Nagende, Beißende, während ich an den Blicken vorübergehe, fast dreh ich mich um. Dieses letzte da, ich meine die letzte Silbe, da war etwas, die hatte was, genau kann ich es nicht mehr sagen, vielleicht anmutig tänzerisch oder hartnäckig bohrend, gut in jedem Falle, ansonsten . . .

Die Achse von Jerusalem und ihre sieben Sterne Dunkelheit und der Niemandsmensch, geflochten aufs Rad und sein Erbrochenes auf den Straßen der Wiener Stadt, Rattenloch, gelbe Häuser – grüne Sonnenstadt.

Ich stapfe jetzt über den Friedhof in die Schule. Die Volksschule, die Grundschule. Tote mit offenen Mündern, sieben

Jahre, siebzig Jahre. Ich beginne zu rennen, ich stolpere, ich falle in den Schnee. Ich falle auf Eis, heller Tag. Die Wollmütze liegt dort wo es taut, auf dem Kiesweg, Gräberweg, Schulweg. Verschneiender Vormittag, ein Bild steigt auf: Ich sitze auf dem Rücken eines Esels und lese alle Gedichte der Welt.

Besser, Fortschritt, langsamer, besser, vermeide Aufzählungen, vermeide Genitive, vermeide . . .

Ich schlief die Augen auf, bin in diesen Traum hineingewacht: Auf dem Gelände des Mißtrauens wurde der Kultfilm aller Ängste gedreht. Als Statisten waren die Schüler der Existenz Sinnvoll Schule ausgewählt und angetreten. Auch ihre Lehrer waren sämtlich erschienen, Blinde und Taubstumme. Lange Zeit wurden die Folterungen geprobt. Als alle Augen ausgestochen waren, war sie vergangen. Zwischen den liebenden Hauptdarstellern war ein Geheimnis verbrannt, sie tranken den Wein, nackt über Leichen liegend, schlafend, sich bewegend, blöde. Sie beißt in seine Brustwarzen, er schaut in die Sonne, sie geht auf. Das Saallicht geht an, dunkelgrüne Stühle, ein Mädchen reibt sich die Augen, ich starre auf die Leinwand, hinter mir steht einer auf, ich greife nach meiner Jacke, es wird wieder dunkel im Saal, es gibt mich vorläufig nicht mehr.

Die Theresienstädter kamen noch einmal dran, die Häftlinge aus Bautzen, einige aus Oranienburg . . . die übrigen warteten auf Polizei jeglicher Art, auf menschliche und auf polizeiliche.

Wind kam auf, Regen setzte wieder ein, Sonne beendete ihr Erscheinen. Finster dann auf dem Gelände der Welt.

Ansätze zu einer pessimistischen Weltsicht, streckenweise bedeutend, Tendenz zum Modischen, teils-teils, wie gesagt . . .

Eine bestimmte Landschaft, im Rheingau vielleicht, am Niederrhein vielleicht, die sogenannte Kölner Bucht vielleicht, dampfend liegt die Landschaft, liegt der Landstrich vor uns. Es wird photographiert, die Landschaft nackt, die Landschaft bekleidet. Nur schwarz-weiß, später dann in Ausstellungen zu sehen. Diese bestimmte Landschaft wird zur Straße, die Straße endet am Fluß, der Fluß wird zum Strom und versiegt. Plötzlich fragt einer nach der Zeit. Wo sie geblieben sei? Ob sie verlorengegangen sei, in den Sümpfen am Fluß, auf der wortlosen Straße, hinter einem Strauch, als eine Kirchturmuhr schlug, die wir nicht beachteten, ob sie im Fluß versunken sei? Soviel fragt der, ohne Zeit unter keinem Himmel, in diesem Augenblick, immer.
Berührend, in gewisser Weise, berührend und empfindsam, vielleicht eine Spur zu lyrisch, aber ... ja, Poesie ... Aber woher mit einem Mal dieses Deutsche, deutsche Landschaft gepaart mit deutschem Empfinden? Bist du denn aus Bochum, Potsdam oder Kiel?
Landschaft in und aus Felsen. Brauner, festgetretener Schnee. Bergkuppen liegen in einer Art von Licht, in einer Art von Ansicht, die Menschen erwartend. Gestein, weiter unten dann Schutt und Geröll, dazwischen wurden Planierraupen abgestellt. Schwere Männer mit Trachtenhüten auf dem Schädel, einmontiert in Overalls, rauchen und deuten in alle Richtungen, sie fluchen, sie schreien, sie hämmern, sie brüllen, sie schauen weg. Sie machen Pause. Österreicher. In ärmeren Teilen des Landes eingekauft und eingesammelt. Alle hier um die Planierraupen fahren zu lassen. Klobige Gesichter, massige Körper, bereit zu jeder Marscharbeit.
So kommst du nicht weiter, rutschst ab, ist nicht dein Metier, beherrschst du nicht, es fehlt dir die Fingerfertigkeit dazu.

Und dann mit einem Mal dieses österreichische Element, warum und woher? Bist du aus Tirol, Schärding oder Eisenstadt?
Steckengeblieben bin ich in dieser Brandung aus Schmutz, Klängen aus Kindergold. Aus den langen Nachmittagen war eine dünnflüssige Erinnerung an schwarze und blonde Haare geworden, an Locken, gedreht für die Unendlichkeit, an alle Töne, die kamen aus allen Häusern, an den Aufbruch. Die schmutzige Brandung überschwemmte die wirkliche, die echte, die einzige, die ... wo die Gräser von damals sind, das Licht, fragst du? Wozu fragst du? Die Gräser sind einfach fort und das Licht, das Licht ist nicht aus, es ist weg. Schnell weg.
Langsam geht das Saallicht wieder an, verlöscht, geht wieder an. Ein junger Mann beginnt die Leinwand zu zerschneiden. Das Mädchen ist eingeschlafen. Hinter mir setzt sich einer nieder. Ich warte, ich halte den Atem nicht an. Er tippt mir an die Schulter. Ich kann nicht erstarren. Er schnalzt mit den Fingern, er schnalzt mit der Zunge. Ich drehe mich nicht um. Wir sind zu viert. Oder zu fünft. Glaube ich. Das Mädchen dreht sich um und sieht mich an. Sie hat Augen aus Glas. Sie nimmt sie mit zwei raschen, geschickten Bewegungen aus den Höhlen und wirft sie mir zu, dabei lacht sie laut und schrill. Die Glasaugenkugeln fallen auf den Boden, sie kullern auf dem schrägen Holz wieder nach vorne. Das Mädchen schneidet eine Grimasse. Der hinter mir schnalzt mit Fingern und Zunge, dazwischen tippt er mir schon wieder an die Schulter. Jetzt beginnt er mir kurze Stöße zu versetzen, so daß ich leicht nach vorne kippe. Ein neuer Film wird auf die zerstörte Leinwand projiziert: Der dicke Perverse steht unter drei Galgen, am linken Galgen hängt Agatha, am rechten

Galgen baumelt Alfred im Wind, der mittlere Galgen ist unbesetzt. Der dicke Perverse blickt ins Publikum und spricht: Jesus Christus ist gehängt worden.
Der Film beginnt zu flimmern, der Film reißt.
Das Saallicht geht aus. Der hinter mir versetzt mir stärkere Stöße, so daß ich mit der Stirn auf die hölzerne Rückenlehne des Stuhls vor mir schlage. Ich kann mich nicht wehren.
Ich wache auf. Ich bin aufgewacht. Aufgewacht. Aufgewacht. Ich liege noch immer im Schnee. Ich bin sieben Jahre alt. Ich liege neben dem Grabstein eines Holzflößers. Auf dem Grabhügel liegt meine Schultasche. Sie ist aufgegangen und die erste Fibel ist herausgerutscht. Ich klopfe mir den Schnee ab und renne in die Schule, denn es ist spät geworden.

2 Später dann

Er erzählt mir. Aus seinem Leben. Seinen Existenzbericht. Achtundfünfzig Jahre. Schon. Nächstes Jahr vierzigjähriges Dienstjubiläum. Er lacht. Übernächstes dann der runde Geburtstag. Er finde immer einen Grund zum Feiern, den Grund die gute Flasche zu entkorken. Mit Neunzehn sei er zur Polizei gegangen, wollte zuerst Schauspieler werden, ließ es dann lieber sein. Er lacht. Die Uniform sei doch auch so eine Art Kostüm. Er wird ernst. Zu Beginn nur Streifendienst, in einer Stadt ohne Verbrechen. Der Wind immer, zu feucht oder zu staubig die Luft. Er kann östliche Gegenden nicht mehr ausstehen, seither, sie würden ihm auf der Seele lasten, sagt er. Hier sei es doch schöner, gepflegter. Er zündet sich einen Zigarillo an. Doch schon ein Jahr darauf, mit Zwanzig, er betont das, sei er zu enorm wichtigen Aufgaben abkommandiert worden, wurde zur Niederschlagung von Aufständen eingesetzt. Er habe sein Bestes getan. Wegelagerer und Strauchdiebe. Wirrköpfe und Literaten. Er hätte damals in größter Armut leben müssen, auf engstem Raum, über einem Hühnerstall. Er schlug also nieder. Die Aufstände. Bei Nebel und Niesel. Kam schon vor, daß einer starb. Wissen Sie, sagt er, wissen Sie, das Ende lauert überall. Es komme nur auf den Zeitpunkt an. Das sei alles. Der Zigarillo ist ausgegangen. Er entwickelt einen nachdenklich-sanften Gesichtsausdruck. Die Braue über dem linken Auge zuckt sacht. Das von ihm damals als sehr hoch empfundene Alter von dreißig Jahren überfiel ihn mit einer heftig ausbrechenden Liebe zum Buch. Zu Anfang eher zufällig – wie alles, er lächelt – durch die weiterbildenden Kurse. Historische Romane, Prinz Eugen, Lenin, ich wisse schon. Dann urplötzlich die verzehrende Lust auf Lexika. Lexika aller Art, neue, alte, schlechte, Hauptsache Lexika. Eine schöne, eine enorm wichtige Zeit für ihn, damals. Einmal bei einem Verhör habe er so lange mit einer schweren, alten Lederausgabe von »Meyers Lexikon« auf den Kopf eines Verdächtigen geschlagen, bis der gestorben sei. Kein schöner Tod, sagt er und wird wieder ernst. Doch das liege lange zurück, war gewissermaßen nur der Anfang, Erinnerungen seien alles, was einem bliebe. Wie alt sind Sie? fragt er, macht eine Pause, die mich zum Schweigen zwingt, fährt dann fort, an Jahren? Wie alt ich an Jahren sei. Sechzehn Jahre, antworte ich. Sechzehn Jahre, wiederholt er sinnend, lächelt leicht. Er streicht über seinen Kopf. Was für ein Datum wir heute haben, fragt er mich. 3. Oktober. Natürlich Oktober, meint er, Oktober sei so ein Verhörmonat wie er im Buche stünde. Er streicht mir über die Haare. Er drischt mir mein Gesicht auf die Schreibtischplatte. Ich versuche den Kopf zu heben. Es blutet, ich blute, aus meiner Nase fließt Blut. Sechzehn Jahre, sagt er sanft. Wenn Sie hier lebend herauskommen, werden Sie im Rollstuhl fahren und aussehen wie neunzig. Er reicht mir ein Taschentuch, hellblau mit weinrotem Saum. So schlimm ist es auch wieder nicht, sagt er. Er zündet sich einen neuen Zigarillo an, setzt sich wieder auf seinen Stuhl. Mit Mitte Dreißig, auf der Schwelle, sei er zum Zoll gegangen. Den Wechsel dorthin hätte er tadellos überstanden. Zoll, sagt er, das Wort hat etwas Biblisches. Der Zöllner, sagt er. Die Grenze, die Ware, die Seele, der Körper, das Geld. Er bläst den Rauch in meine Richtung. Die Zeit, ich wisse, was er meine. Er sieht auf seine Armbanduhr. Genug Zeit hätten wir. Wir beide. Etwas Blutstillendes wisse er schon. Ob ich wisse, was er meine. Nein. Den Schädel lange genug in eiskaltes Wasser tauchen, oder stecken. Lange genug, wiederholt er und schaut auf seine Hände. Bis das Blut gestillt ist und man fast keine Luft mehr bekommt. Lange genug, wiederholt er wieder und rülpst kaum hörbar. Möchten Sie einen Schnaps? fragt er. Ja. Darauf geht er nicht weiter ein. Wieder redet er, in seiner geplanten Endlosigkeit. Ohne Ende, weiß ich, ohne Ende. Wäre er in einem andren Land geboren, würde er in einem andren Land leben, wäre er ein andrer, er wäre am liebsten Zöllner an der schweizerisch-italienischen Grenze geworden. Sie verstehen, die Verbindung von mediterranem Empfinden und steinerner Solidität. Natürlich hätte er auf Schweizer Boden gearbeitet. Natürlich. Und die steuerlichen Vorteile seien absolut enorm.

Wir sitzen in seinem Büro. Im Zollhaus. An der Grenze. Es dämmert. Draußen werden die heimkehrenden Pendler und andere Grenzgänger abgefertigt und weitergewunken.

Schnell und langsam und ohne Ende. Er gießt mir ein Wasserglas voll Schnaps ein. Schilfschnaps, sagt er. Trink, sagt er. Das Büro wäre ein gemütlicher Raum, hinge nicht das Photo des Präsidenten der Republik mit gestempelter Unterschrift an der Wand. Der Präsident der Republik lächelt. Ex, sagt der Zöllner. Sauf, schreit er. Ich zittere das Glas hinunter. Es schmeckt nach meinem Blut und brennt. Es tut gut. Schilfschnaps, sagt er. Ob er gut tue. Er tut gut, antworte ich. Wo sind wir? fragt er. An der Grenze. Richtig, an welcher Grenze? An der deutsch-österreichischen Grenze. Richtig, auf welcher Seite? Ich weiß es nicht. Richtig, sagt er und schweigt.

Haben Sie Angst vor der Obrigkeit? fragt er. Manchmal hätte ich, ja. Es existiere kein Manchmal, es existiere nur die Angst und die Nichtangst. Draußen vor dem Zollhaus tropft es in unzählbaren Abständen vom Dach. Ich versuche hinauszuschauen. Aus meiner namenlosen Angst steigt ein Gedanke: Es gibt keinen Tod. Es gibt einen Tod im Leben, aber es gibt keinen Tod an und für sich. Weiter. Der Zöllner redet irgendwas. Ich höre ihn nicht. Weit weg und weiter weg und weiter. Es gibt ein Spiel mit Punkten und es gibt ein Spiel um Punkte. Die Gedanken steigen aus dem Schilfschnaps. Bräunliche Gedanken kriechen auf Sätze zu. Kein Weiter.

Mein Kopf schwemmt, meine Nase blutet wieder. Er hebt sich aus seinem Sessel, beugt sich zu mir über die Schreibtischplatte, sein Gesicht ist mit einem Mal sehr groß, ich rieche den Schilfschnaps, ich rieche den Henker. Er hat mir mit seiner Faust das Nasenbein gebrochen. Ich bin mit dem Gesicht auf die Schreibtischplatte gefallen. Du Schwein, sagt er. Die Tür scheint aufgegangen zu sein, ein untergeordneter Diensthabender ist eingetreten. Soll ich? fragt er. Sie können,

antwortet der Zöllner. Der Untergeordnete ist wieder draußen. Mein Kopf liegt in meinem Blut. Der Untergeordnete taucht wieder auf, trägt einen Teller mit gekochtem Rindfleisch und einen Krug Bier. Ich höre ihn kichern. Mahlzeit, höre ich noch.
Ich bin eingeschlafen, ich bin aufgewacht, ich schlafe ein. Sind Zwischenfälle Unfälle oder Unfälle Zwischenfälle? fragt er. Du brauchst nicht antworten. Die Aufsichts- und Kontrollorgane, sagt er, führen kein Leben, jetzt kommt eine Pause, sie führen den Tod. Ich höre den Untergeordneten einen Blecheimer mit Wasser füllen, ich höre ihn kichern, ich höre ihn den vollen Eimer abstellen. Der Untergeordnete kommt auf mich zu, nur Schatten kann ich sehen, ich werde hochgerissen, der Untergeordnete schleift mich zum Wassereimer, er drückt mich auf die Knie, ich bekomme keine Luft, bevor mein Kopf zur Gänze in das braune Wasser getaucht wird, höre ich aus einer weiten Ferne den Zöllner noch lachen: Biblisch, biblisch!
Lange Zeit, lange Zeit, lange Zeit, ich sehe einen Gang, ich gehe einen Gang, gehe ich durch einen Gang? Dunkel, nein hell, nein dunkel. Sehe ich Licht? Ich werde gestoßen, ich krieche über einen Gang, ich beginne den Gang hinunterzufallen, ich falle durch einen Schacht, ich höre Schreie, will helfen, doch die Schreie sind meine Schreie. Ich wache auf. Ich bin tot.
Ansätze zum Polizeiroman, Detektivgeschichten, 43ste Straße, nach dieser Masche gestrickt und nach Mitteleuropa transportiert ... Grenze, Zoll, der innere Grenzbezirk, man kennt es, man weiß es, man hat davon gehört.

Ich bin sieben Jahre. Der Schnee ist gealtert, die Luft zu warm und die Photoalben davongeschwommen, auf welchem Wasser schon? Tausendjährige, gefrorene, schwarze Schneehaufen liegen herum, alt und dreckig, nicht einmal mehr wegtauen können sie. Meine Schneehaufen.
Das Finale ist ein endloses Kapitel für sich. Ein Ende ohne Ende. Es könnte in Biarritz beginnen, über der plage, im Frühling, also luftig, es könnte aber auch in Oostende beginnen, im November, also morbid, aber in Oostende hat schon so vieles angefangen und noch mehr geendet und der November bringt einem die Morbidität auch nicht mehr ganz so nah wie früher einmal. Es könnte aber auch – nein, das kann es nicht, das geht nicht!
Also doch ein luftiges Frühlingsfinale in Biarritz, heiter und unbeschwert, mit Drachen, die zum Himmel steigen, aber im Frühling steigen keine Drachen zum Himmel ...
Die Liebenden vielleicht im Hotel Port au vieux, in der plagedisco ekstatisch und trunken, vormittags promenierend durch den Frühlingswind, ein Selbstmordversuch nach einem opulenten Mittagessen in einem Spezialitätenrestaurant, alles schon gehabt ...
Sieben Jahre bist du alt. Dein Schnee ist weggeschmolzen und die Photoalben auf dem Schneewasser davongeschwommen, in der warmen Luft, an welchen Ort schon? Uralte, zusammengefrorene Schneehaufen blockieren die Jahre, schwarz und schmutzig können sie nicht mehr wegtauen. Deine Schneehaufen. Die Liebenden als blinde Passagiere an Bord eines Genueser Frachters, die man dann bei Brest ins Meer schmeißt. Sie retten sich. Sie werden errettet (Ein Abschnitt:

Die wunderbare Rettung). Nach einer abenteuerlichen, ja, nach einer abenteuerlichen Reise mit pflichtgemäßem und unvermeidlichem Bankraub erreichen sie Paris (Muß das sein? Es muß!). Nach zwei Wochen Paris verlieren sie das geraubte Geld zu einem großen Teil und gehen mit dem kleinen Rest nach Rethel, einer öden Provinzstadt nordöstlich von Paris, »Unterpräfektur in den Ardennen, eine Stadt, in der unaufhörlich der Regen fällt« (Pirotte) und er fällt tatsächlich und unaufhörlich auch. Er kommt als Kellner in einem Hotel unter, sie findet Arbeit in einem Papiergeschäft in der Vorstadt. Gegen Weihnachten bastelt sie Besinnliches, verdient ein wenig dazu. Er agiert als Weihnachtsmann in einem Kaufhaus. Sie werden älter (Aktion!). Die langsam alternden Liebenden werden schließlich vom ostdeutschen Geheimdienst angeworben. Durch Vermittlung eines langjährigen Brieffreundes aus Solingen. Sechs Monate werden sie auf Schloß Tyrol geschult. Ein harter, aber lehrreicher Aufenthalt, wie sie später sagen werden. Sie dringen weit in das Unterbewußtsein des Menschen vor und lernen ihn langsam und systematisch zu zerstören. Bescholtene und unbescholtene Bürger, Ärzte, Autohändler, Blumenfrauen. Nach ersten bescheidenen Erfolgen in der Verlagsbranche erhalten sie ihren ersten großen Auftrag. Sie werden auf die westdeutsche Theaterszene angesetzt. Unser Liebender und mittlerweile auch Geliebter fängt erst mal als Dramaturgieassistent am Württembergischen Staatsschauspiel Stuttgart an, avanciert jedoch sehr bald, dank seiner Tüchtigkeit, seinem Reichtum an Phantasie und Kreativität, seiner überdurchschnittlichen Intelligenz und nicht zuletzt dank seinem zielbewußten Durchsetzungsvermögen, das er gekonnt und listenreich im richtigen Moment am richtigen Platz einzusetzen weiß, wie ihm von fast allen lobend bescheinigt wird, zum Dramaturgen und kurz darauf – nachdem der Chefdramaturg über eine mysteriöse, nie restlos aufgeklärte Sado-Maso-Geschichte stolpert und seinen Hut nehmen muß, den er einige Tage später mit einem Strick vertauscht – zum Chefdramaturgen. Verlassen wir unsern Helden kurz, um nach unsrer liebenden Heldin zu sehen. Sie hatte zunächst einen Job als Garderobiere bei den Kreuzgangspielen Feuchtwangen im Fränkischen erhalten, war dann – dank ihrem blendenden Aussehen, das sie geschickt und erfolgreich beim Intendanten einzusetzen wußte – rasch zur Hauptdarstellerin in der für die Kreuzgangspiele wenig geeigneten Komödie »Einer muß der Dumme sein« in einer Inszenierung des Intendanten aufgestiegen. In den vernichtenden und für den Intendanten ruinösen Kritiken kam sie als einzige hervorragend weg und wurde nach dem erzwungenen Rücktritt des Spielherrn zu seiner Nachfolgerin bestellt. In der Zwischenzeit erzielt unser liebender Chefdramaturg beachtliche Erfolge. Fast die gesamte Schauspieldramaturgie und kurioserweise auch Teile der Operndramaturgie werden von den Württembergischen Staatstheatern fristlos entlassen, das Ballett wird überhaupt aufgelöst und Feuchtwangen hat sehr bald auch nichts mehr zu lachen. Kein Spieler kommt mehr nach Feuchtwangen. Einsam regiert die Intendantin mit Notverordnungen und Konzertgastspielen. Auch der Stuttgarter Spielbetrieb kommt zeitweise –

Auf die Art und Weise wird das Finale nie enden. Eine eigentümliche, leicht befremdende, um nicht zu sagen, an der Grenze zum Peinlichen spazierende Story und dann ausgerechnet Stuttgart!

Lauf, mein Kind, lauf! Sie werden dich nicht kriegen! Der

Wald ist groß, dort kannst du dich verstecken vor der Angst! Du verstehst mich nicht? Ich meine die Angst, Furcht, den Schrecken! Den Augenblick, der dir die Kehle zuschnürt und alle Worte verschwinden läßt! Den Augenblick, den du nicht bannen kannst, meine ich! Den Augenblick, der alles vergeblich macht! Versteh mich doch ...
Nein, wie soll ich, wenn du nicht deutlich und laut genug sprichst, wenn du nuschelst und mir den Rauch deiner Zigarette ins Gesicht bläst, während du irgendwas Konfuses von Angst und Wald schwafelst! Was willst du denn von mir? Willst du mir Angst einjagen, eine Angst, von der ich bisher nichts wußte und die ich dann ausgerechnet durch dich kennenlernen soll? Und warum soll ich sie kennenlernen? Ich will sie überhaupt nicht, weder kennen noch lernen. Ich kenne schon dich, das reicht mir völlig. Deine Angst und alles was damit zu tun hat, kann mir gestohlen bleiben! Verstehst du?! Anscheinend nicht, denn du bist immer noch da ... Was mach ich bloß mit dir ...
Im Anfang ... hör mir doch bitte zu!
Hau ab ...

Szenen

Leergeräumte Bühne: Die Engel kommen vom Himmel auf die Bühne, fliegen, schweben, fallen, stürzen. Kleine, meist blonde Engel mit einer deutlichen Neigung zur leichten Fülle. Sie werden bestaunt und bewundert und bejubelt. Der Regisseur nimmt ihnen Fingerabdrücke ab, die nach einiger Zeit aus den Akten verschwunden sein werden. Ebenso wie die Engel selbst verschwunden sein werden.
Der Theaterdirektor reibt sich die Augen.
Vollgeräumte Bühne: Die Engel sind wieder im Himmel. Im Zuschauerraum sitzen der Theaterdirektor, der persönliche Referent des Theaterdirektors, der Regisseur, der Regieassistent, der Bühnenbildner, der Bühnenbildassistent, die Kostümbildnerin, die Kostümassistentin und noch ein paar, von denen niemand weiß, wer sie sind, und niemand danach zu fragen wagt.
Leergeräumte Bühne: An der Rampe steht der Protagonist und blinzelt in die Scheinwerfer.
Die Bühne ein spätbürgerlicher Salon, weiches Licht: Drei Schauspielerinnen probieren ein Stück von Tschechow. Eine Schauspielerin erleidet Nasenbluten. Eine Schauspielerin erfährt einen Lachkrampf. Eine Schauspielerin erlebt einen Herzinfarkt.
Der Theaterdirektor gähnt.
Die Bühne ist ein verschlamptes Totenreich: Die Frau verläßt

den Mann, der Mann verläßt die Frau. Der Protagonist ist irritiert und verlangt nach dem Regisseur. Der Regisseur erklärt wortgewaltig, im stillen dankt er dem Whisky für seine Wirkung. Der Protagonist geht stirnrunzelnd in seine Garderobe, wo er bulgarischen Kefir essen wird.
Die Frau verläßt die Frau. Der Mann verläßt den Mann. Der Protagonist kommt noch einmal auf die Bühne, weil ihm in seiner Protagonistengarderobe eine entscheidende Frage eingefallen ist, aber es ist niemand mehr da. Die Probe ist beendet.
Die Bühne ist das Leben ist die Bühne: Der Zuschauerraum ist voll. Die Vorstellung ist ausverkauft. Der Protagonist hält den Wahnsinnsmonolog. Das Publikum ist gebannt. Ein alter Engel stürzt versehentlich vom Himmel auf die Bühne und erschlägt den Protagonisten. Der Theaterdirektor bricht die Vorstellung ab.
Der Theaterdirektor wacht erschrocken an seinem Schreibtisch auf. Das Telefon hat geklingelt.
Die Bühne im Keller: Drei Schauspieler geben sich selbst. Der erste Schauspieler stirbt dabei nicht an Altersschwäche, der zweite Darsteller schneidet sich dabei nicht die Pulsadern auf und nimmt auch keine Überdosis, der Dritte erschießt seine Kollegen nicht. Der Regisseur ist begeistert.
Leergeräumte Bühne, vollgeräumte Bühne: Der Kleindarsteller Schmerzl betritt versehentlich die Bühne. Er befindet sich im falschen Stück. Er befindet sich im falschen Leben. Die Hauptdarsteller brüllen auf ihn ein, der Inspizient schleift ihn von der Bühne.
Später begibt sich der Kleindarsteller Schmerzl in ein nahe gelegenes Krankenhaus, um die Platzwunde an seinem Kopf ambulant behandeln zu lassen. Kurz darauf stirbt er an den

Folgen der Aufregung. Herr Schmerzl war Überlebender im KZ Dachau und wohnte am Stadtrand in der Einflugschneise.
Die Szene wird so lange wiederholt, bis der Darsteller des Kleindarstellers Schmerzl keine Angst mehr hat sich von der Bühne schleifen zu lassen.
Die Bühne ist ein Bahnhof: Alle Züge gehen zur gleichen Zeit ab, alle Züge kommen zur gleichen Zeit an. Auf den Bahnsteigen warten die Häscher in Zivil, auf die Uhr schauend, rauchend. Auf den Stationsschildern steht nichts. Alle Passagiere werden über Lautsprecher gebeten zu bleiben und zu fahren. Handschellen klicken, Fahrkartenautomaten rattern, die Sonne lacht durch das staubige Glasportal.
Der Theaterdirektor spricht im Schlaf.
Die Bühne ist die Szene: Der Bühnenboden ist schwarz lakkiert, im Lack spiegeln sich die erfundenen Figuren aus den Stücken, Spielen, Dramen. Die Bühne ist leer. Hinter der Bühne wird gehämmert. Der Inspizient betritt die Bühne, bleibt kurz stehen, überquert sie und verschwindet wieder.
Der Regisseur betritt sehr leise den Zuschauerraum, schaut sich nach allen Seiten um, schleicht sich geduckt durch die Reihen und findet endlich seine Flasche wieder, aus der er sofort einen großen Schluck nimmt und wieder hinausschleicht. Als er sich noch einmal kurz umdreht, sieht er die Bühne im trüben Arbeitslicht eines ereignislosen Tages und weiß, daß er eine Gelegenheit verpaßt hat, aber er weiß nicht welche.
Die Bühne ist die Welt und verständlich nur im Dunkeln: Ein sehr früher Morgen, lautlose Tage nach der umjubelten, überklatschten Premiere.
Der Regisseur befindet sich auf seiner jährlichen Entzie-

hungskur in einer diskreten Klinik, im Augenblick hat er Schlafstörungen und redet auf die Nachtschwester ein.
Der Protagonist steht am Flußufer in der Nähe seines neuen Protagonistenhäuschens und hat die Angel ausgeworfen, im Geist geht er die Premierenkritiken durch. Es müßte regnen, denkt er sich.
Der Theaterdirektor schlüpft für seine morgendliche Runde im Stadtpark in den hellblauen Jogginganzug, er denkt dabei an seinen sechzigsten Geburtstag, den es nächste Woche zu feiern gilt. Als er seinen Bungalow verläßt, sieht er Regenwolken am Himmel aufziehen.
Seine Geliebte, der städtische Publikumsliebling Nummer Eins, umarmt den jugendlichen Hauptdarsteller noch einmal gierig, bevor sie rasch in ihr Appartement fährt, wo sie mit dem Direktor ihre nächste Rolle besprechen und frühstücken wird.
Der Inspizient ist beunruhigt, er war gestern noch beim Arzt, der sich nach der Untersuchung etwas unklar ausgedrückt hatte. Der Inspizient versuchte sich damit zu beruhigen, daß sich Ärzte häufig unklar ausdrücken. Er weiß, daß er sich damit nur beruhigt, aber nicht beruhigt ist. Er hält es nicht mehr aus im Bett. Er steht auf und füttert seine Katze, dabei sieht er durch das Küchenfenster, wie es zu regnen beginnt.
Der Darsteller des Kleindarstellers Schmerzl hat seine Rolle noch nicht völlig verstanden. Er sitzt auf der Toilette und schaut sich KZ-Photos an. Er versteht die Rolle nicht, obwohl er dafür gute Kritiken in den Morgenzeitungen der Stadt erhalten hat. Aber das genügt ihm diesmal nicht. Kurz bevor er die Spülung zieht, hört er den Regen stärker auf das Dach prasseln.

Die restlichen Haupt- und Nebendarsteller des Ensembles liegen noch in ihren Betten und glauben zu schlafen.
Die Engel kommen ein letztes Mal vom Himmel auf die stille, finstere Bühne. Die Engel erleuchten sie. Sie halten den Tag und die Nacht für eine Weile an. Draußen regnet es ohne Tag und Nacht weiter. Die Engel schütten eine brennbare Flüssigkeit auf die Bühne, an allen vier Ecken, zur gleichen Zeit, bis der Bühnenboden bedeckt ist. Die Bühne wird ein schwarzlackierter See. Die Engel werfen brennende Streichhölzer in die brennbare Flüssigkeit. Eine Weile tanzen sie noch über den Flammen ohne zu lachen, ohne zu lächeln, dann sind sie nicht mehr zu sehen, aber es wäre auch niemand dagewesen, um ihnen zuzuschauen.
Der Theaterdirektor erreicht keuchend das Flammenmeer, das Feuer hat bereits auf die Verwaltungs- und Werkstättengebäude des Stadttheaters übergegriffen. Der Regen hat aufgehört.
Die Bühne ist die Erinnerung an die Bühne:

Kleiner Lesebericht

Geneigt sind wir alle nicht, es sei denn wir beugen uns tiefer über das raschelnde Papier, weil wir kurzsichtig sind und eine Brille bräuchten.

Nein, wir sind einander nicht zugetan, wir sind uns nicht gewogen, wir übelwollende, rachsüchtige Bestien. Dort großzügig, wo es nicht wehtut, ein Geschöpf niedermachend, wenn wir auch nur einen gelangweilten Lacher auf unserer Seite haben und es keiner Anstrengung bedarf. Immer zur Stelle, wenn es darum geht instinktsicher und ziellos anzuklagen, dreinzuschlagen. Keine Bösartigkeit geht uns ab, keine Grausamkeit, außer jener, die wir gerade noch nicht erfunden haben.

Und wir lesen! Wir lesen alles. Geistig Schönes, Zeitnahes und Wissenswertes, das Wesentliche über Brombeeren, über sexuelle Perversionen, über ungelöste Kriminalfälle des ausklingenden 19. Jahrhunderts. Wir kaufen uns Bücher und Journale, leihen uns Geschriebenes und Gedrucktes, wir sammeln, wir entwickeln Leidenschaften und ruinieren uns fast damit. Also werden wir zum »Verehrten«, »Wohlwollenden«, »Geneigten« oder einfach zum »Lieben«. Wir fühlen uns geehrt und kaufen gleich noch mal soviel.

Wir sind alt, wir sind jung, wir flanieren, wir sind fleißig.

Manchmal, sehr kurz nur, haben wir etwas begriffen, dann zucken wir erschrocken zusammen, später müssen wir lächeln. Wir nennen uns alle Ich und wollen alles über uns wissen. Wir wissen auch alles über uns. Wenn es regnet, werden einige von uns traurig. Blinkt die Sonne, lachen erstaunlich viele von uns und hüpfen dabei ins Wasser, die Ernsteren steigen auf die Berge. So sind wir ununterbrochen den Einflüssen des Wetters unterworfen und, wenn es uns paßt, auch noch stolz darauf. Wir essen Spargel zur Spargelzeit, wir schießen auf Hirsche und Hasen und Rehe im Herbst, vor Weihnachten trinken wir starkes Bier, zu Ostern suchen wir Eier. Sonst nichts. Meistens sind wir fröhlich dazu. Wir Ichs.

Nach den Nachrufen

Nach den Nachrufen erscheinen zunächst die Vorworte, dann wird es lange still. Die Hinterbliebenen suchen Trost im Alkohol oder sie gehen wieder ihren bestimmten Berufen nach. Die es sich leisten können, verreisen.
An sommerlich heißen Tagen sieht man einen von ihnen, den sie den Empfindsamsten nennen, in den schattigen Gastgärten Platz suchen. Schwankend, mit Zeitungen beladen, wartet er, bis die Paare bezahlt haben, dann setzt er sich. Ein Kellner nimmt seine Bestellung angeödet entgegen. Der Hinterbliebene ruft ihn noch oft zu sich an diesem Nachmittag.
»Wie lange war ich still?« fragt er sich und »Wie lange habe ich geredet?« Er fragt immer nur sich, nie die übrigen. Vielleicht ginge es ihm besser, wenn er die übrigen öfter fragen würde, vielleicht auch nicht. Was sollte er sie fragen und vor allem, was könnten sie ihm antworten?
Die Zeitungen sind dick an diesem Nachmittag, zärtlich streicht er mit dem Finger über das Papier. Er liest die politischen Kommentare, die Feuilletons, zu denen er gerne Semmeln ißt, er studiert die Todes- und Geburtsanzeigen, die Ehrungen und Jubiläen, er trauert und freut sich mit und wischt sich dabei die diversen Tränen aus den Augen. Gewisse Artikel, vor allem solche, die sogenannte Zusammenhänge beleuchten, liest er zwei- oder dreimal. In seiner Aufregung kann es passieren, daß er dabei sein Glas umwirft. An diesem

Nachmittag ist nichts anders, nur wirft er sein Glas nicht um. Als ihm die Zeitungen zum wiederholten Mal auf den Boden fallen, bittet ihn der Kellner zu gehen. Der hinterbliebene Empfindsamste sammelt seine Zeitungen zusammen, er schickt sich an zu gehen, er geht, er wird von keinem daran gehindert.

»Sich nicht fürchten und sich wirklich nicht fürchten!« denkt er zu sich, als er auf die heiße Straße tritt.

»Der Unterschied«, sagt er jetzt mit einer für seine Begriffe lauten Stimme. Die Straße ist menschen- und tierleer. »Ich fürchte mich im Grunde doch wirklich«, sagt er dann mit seiner leisen Stimme.

Langsam – wie könnte es anders sein – zieht er die Straße hinauf, versucht die Luft tief einzuatmen, wie es ihm empfohlen wurde, fühlt sich vielleicht schon besser oder zumindest erleichterter, wobei er sich fragt, ob es ihm vorher schlechter gegangen ist.

Er schwankt unter dem Schutz des Schattens, den ein Gebäude wirft. Ein Versicherungsgebäude. Leere Versicherungsgebäude an Wochenenden üben auf den Hinterbliebenen einen Reiz aus. So sehr er sich unter der Woche vor ihrer versicherten Wichtigkeit fürchtet, so sehr liebt er ihre schattige Ruhe an einem Samstag wie diesem. Er betrachtet die Fassade und fühlt sich geborgen bei ihrem Anblick und in seiner Betrachtung. Die Fassade ist nur hellbraun und nur steinern, nichts weiter, aber vielleicht erinnert ihn das helle Braun an einen Süden. Mit einem Mal scheint er sich so verlassen vorzukommen wie eine Figur in einem kitschigen Buch, ein verliebter, verlassener Trinker etwa, und er möchte fast weinen vor Verlassenheit, nur weil ein Vogel aufflog, von dem kleinen Vorplatz der Versicherung, der ihn eigentlich nur erschreckte. Er weint nicht, denn er merkt rechtzeitig, daß der Anlaß seinen Tränen nicht gerecht würde, und dementsprechend rasch verläßt ihn das Gefühl der Verlassenheit.

Er ist vor einer Telefonzelle angekommen und beginnt sich bei ihrem Anblick zu fragen, ob er nicht einen der übrigen anrufen soll. Er weiß nicht, ob er das will und er weiß nicht, ob er es kann. Einen Menschen an einem Samstag anzurufen erscheint ihm merkwürdig unpassend, als würde man sich und dem Angerufenen eine Blöße geben. Welchen Vorwand soll er erfinden? Den Vorwand der Wichtigkeit oder gar der Dringlichkeit, zu echten Lügen greifen? Es liegt verlockend nahe.

Den Vorwand der Lässigkeit, der gelangweilten Teilnahme... Er stellt sich den Angerufenen vor wie er gerade ins Bad steigen will, als das Telefon läutet, oder wie er einer Frau langsam das Kleid auszieht und noch einen Schluck nimmt... Wie sieht es aus? Die Zeitungen fallen zu Boden, er läßt sie liegen und geht weiter. Aus diesem für seine Verhältnisse entschlußreichen Losgehen, wobei es doch mehr den Charakter des Weiter- als des Losgehens trug, entwickelte sich ein ziehendes, gedrücktes, stockendes Stapfen, als ginge er durch eine weite Schneelandschaft – ich kann ihm kaum zuschauen –, am Ende ist ein gesenktes, einknickendes, dumpfes, quälendes Schleichen daraus geworden.

Als er endlich stehenbleibt, obwohl er nicht stehenbleibt, sondern einfach aufhört zu gehen, ahne ich, nachdem ich den Photoapparat weggelegt habe, daß eine lange Zeit von Glück und Unglück für ihn beginnt und aufhört. Jetzt. Zur gleichen Zeit. Sein Leben.

Das Ende der Woche

Am Freitag trat ein unangenehmes Gefühl auf. Ich hätte mich gewundert, wenn es ein angenehmes gewesen wäre. Um es abzuschütteln, streifte ich durch die Wälder in der Nähe des Flusses, sah in den Schneisen, Schildern und Aufschüttungen die unverkennbare Handschrift des Menschen. Das Gefühl war, wie von mir erwartet, verschwunden. Möglicherweise war es jetzt auf den Fluß übertragen.
Der Samstag erstickte im Einkauf.
Am Sonntag hatte ich vergessen, was für ein Tag war. Ich ging hinaus und fragte einen. »Sonntag« gab er mir zur Antwort und ging seiner Wege.
Ich muß noch einmal beginnen. Von vorne anfangen. Nichts angerissen lassen. Die Woche vollständig rekapitulieren und rekonstruieren, bis in jede Einzelheit. Den Hergang der Woche, jeden ihrer Tage, präzis wiedererstehen lassen. Ich muß. Werde ich das können, verlange ich nicht zuviel von mir?
Zum Beispiel der Dienstag: Ich hatte diese kolorierte Ansichtskarte aus Umbrien erhalten, von einem, der im Grunde mit Umbrien nichts zu tun hat, dessen Vorfahren mütterlicherseits, auf deren Spuren er sich begeben hatte, zum Teil von dort stammen.
Die Karte enthielt Grüße und die Mitteilung, daß er morgen die Fleischfabrik eines weitläufigen Onkels besuchen würde. Ich sah zusammenkrachende Rinder vor mir, schreiende

Kitze, mit blutigem Maul am Haken zappelnde Fische, das unabänderliche Zucken und Schütteln im Kampf mit dem Tod. Als ich kurz wagte an mich selbst zu denken, mich mir vorzustellen in Krämpfen und Zuckungen angesichts des bevorstehenden Todes, griff ich zu den Beruhigungstabletten. Ich fiel in einen Schlaf, in dem ich mich nicht sehen konnte. Weihnachtslieder, von Kindern auf der Straße gesungen, drangen zu mir herauf in mein Bewußtsein im vierten Stock. Ich war wach und brummte die Melodie eines Krippenliedes, mein Mund war trocken wie staubiges Stroh, es ging schon wieder gegen Abend. Dienstagabend. Drinnen und draußen. Im erleuchteten Fenster des Nachbarn sah ich zwischen den Glasscheiben einen toten Hasen an den Läufen hängen, es wurde tatsächlich bald Weihnachten. Der Nachbar, ein pensionierter Kampfsporttrainer und passionierter Jäger, ist ein freundlicher Nachbar. Vor einigen Wochen hat er mich im Treppenhaus angehalten, um mich von den Vorteilen der Selbstverteidigung zu überzeugen, in der Hand hielt er ein Rebhuhn.

Während ich aus meiner Dunkelheit auf den erleuchteten Hasen blickte, trank ich in langsamen Schlucken eine Flasche Bier aus. Als sie bis auf einen kleinen Schluck, den ich in allen Flaschen zurücklasse, leer war, ging beim Nachbarn das Licht aus. Der Hase hing in der Dunkelheit.

Es hilft nichts, ich kann es drehen und wenden wie ich will, ich muß mit dem Montag beginnen. Müßte ich nicht viel früher beginnen ...?

Dieser Montag mit seiner fremdartigen Zufriedenheit, dieser – schlicht gesagt – guten Laune, dieser Montag mit seiner spielerischen Ausgelassenheit liegt heute zurück und ist für den Zusammenhang wesentlicher als der Dienstag, über den ich berichtete, mit seiner folgerichtigen Niedergeschlagenheit.

Hat man einen schlechten Tag oder hat einen der schlechte Tag?

Der Montag in *seiner* Zufriedenheit, satt nach einem guten Essen, der Montag in *seiner* Ausgelassenheit, munter nach einer guten Flasche, und ich ein Teil *seiner* Freude. Das könnte so gewesen sein. Und anders. Außer dieser bestimmten, schwingenden Freude kann ich über den Tag, der auch anders geheißen haben könnte, nichts sagen. Ich beginne ihn völlig zu vergessen.

Im düsteren Halbdunkel des Mittwochmorgens wälzten sich die Schüler- und Berufsmassen in die Richtung ihrer Beschäftigungsgebäude. Ich beobachtete sie von meinem Fenster aus. Ich war angefüllt mit Zuversicht, die Qual des Zweifels hatte mich noch nicht erreicht. Die Zukunft war ein Stück näher gerückt, greifbarer geworden, wie die Bäume und Berge bei Föhn.

Draußen auf den Straßen begannen sich die Menschen zu verlaufen, einige Zuspätgekommene hasteten über die Kreuzung. Nasenbohrend stand ich noch immer am Fenster. »Jetzt aber los!« dachte ich, »Jetzt aber los!« So dachte ich vor mich hin, bis mir die Zweifel an meiner – wie mir jetzt schien – mit nichts begründeten Zuversicht den Rücken hinaufkrochen, um es sich in meinem Hinterkopf bequem zu machen. Ziellos irrte ich durch die Räume, hob da ein Blatt hoch, warf dort einen Blick in ein Heft, stand, ging, saß und fand mich schließlich in der Badewanne wieder. Nachdem ich dort zwei Stunden, ungefähr, verbracht hatte, entdeckte ich mich in der Küche bei einem reichlichen Frühstück. Ich saß noch am Tisch und wischte mir gedankenvoll den Mund ab, da tauchte mit lächelnder Penetranz der frühe Nachmittag auf. Ich ließ ihn gewähren, zog mich zurück und wartete auf den Abend. Auf Grund meiner krankhaften Veranlagung alles zu einer fixen Idee werden – sprich verkommen – zu lassen, landete auch dieser Tag als monströse Zwangsvorstellung beim Teufel. Als es Nacht wurde, blieb mir nichts anders übrig als über mich nachzudenken.

Alles, was ich angreife, gerät mir zum Zwang, jede Freude wird mir Anlaß zur Trauer, jedes Ärgernis Anlaß zur Selbstentwertung. Ich leide an einer Ich-Inflation.

Den Donnerstag verbrachte ich zur Zerstreuung und Ablenkung im Kaffeehaus. Ich blätterte in den Zeitungen, las gierig die Feuilletons, traf gute Ratschläge erteilende Bekannte und entfernte mich in einem unbeachteten Augenblick. Mir war, als hätte mich der Donnerstag nicht bemerkt.

Dagegen stand ich für den Freitag im Mittelpunkt des Interesses. Er schien es auf mich abgesehen zu haben, stellte mir nach, wohin ich auch ging, flüsterte mir ins Ohr, schmeichelte mir, drohte mir. Um ihn abzuschütteln, ging ich zum Fluß. Nichts haßte dieser Freitag so sehr wie den Fluß. Er liebt den Lärm, die Mittelpunkte, am Fluß kann sich der Freitag nicht entfalten, er langweilt sich. Der Fluß war still, wie sonst auch. Heute traf mich sein trauriger Blick stärker als an den anderen Tagen. Das gegenüberliegende Ufer war nicht zu sehen, es wurde kalt. Ich kehrte dem Fluß den Rücken und ging in die Richtung der Wälder. Ich traf auf Verkehrsschilder, Umzäunungen, auf geschlagene Stämme, auf die Schottergruben. Als ich zum Fluß zurückkehrte, lag er verletzt und lauernd in der Dunkelheit vor mir. Der Freitag hatte sich davongemacht.

Der Samstag erstickte im Einkauf.

Am Sonntag zögerte und zauderte ich, zitterte und zagte, bis

der Vormittag die Dimensionen eines Jahrhunderts erreicht hatte. Ich fühlte mich an Figuren aus dem Theaterfundus, an verwandte, verstaubte Geister erinnert. Keine Theaterfigur liebe ich so sehr wie den Hamlet. Leider bin ich nicht der Einzige. Doch liebe ich ihn nur als Zögerer und Zauderer, als das Ende herbeiredende Figur. Andere Möglichkeiten benötige ich nicht. Einmal begegnete ich ihm im Traum, auf einem Hügel über San Francisco, wie er mit irrem Blick auf den Pazifik starrte und den Kopf kreisen ließ. Später bin ich ihm nie mehr begegnet. An diesem Sonntagvormittag war sein Reden und Zögern, seine ganze Existenz nur mehr eine Erinnerung. Ich erinnerte mich an ihn nur noch als etwas längst Vergangenes, als Geburt eines Kopfes, der vor vielen Jahrhunderten von den Würmern abgefressen worden war.
Von einem ungelösten Augenblick zum nächsten war mir das Datum und der Name des Tages, in dem ich mich befand, entfallen. Da mich dieser Zustand der Unwissenheit mehr als beunruhigte, ging ich hinaus auf die Straße, in der Hoffnung vielleicht dort einen Hinweis zu erhalten. Die Straße lag staubig vor mir, es schien, als würde ich sie stören. Ich entdeckte einen jüngeren Menschen, der gerade sein Fahrzeug wusch. Auf mein hoffnungsvolles Fragen nach dem heutigen Tag gab er mir keine Antwort. Auf mein nochmaliges Fragen warf er mir einen Blick zu, der mich zum Gehen veranlaßte. An der nächsten Kreuzung traf ich zu meiner Überraschung einen bekannten Schriftsteller, dem ich die gleiche Frage stellte. Er gab mir zur Antwort, ich störe ihn sehr, er arbeite an einem Roman, recherchiere jetzt dafür, außerdem sei heute Sonntag. Mit dieser Tatsache ließ er mich als eine seiner Romanfiguren an der Kreuzung stehen und ging in sein nächstes Kapitel.

Die drei Aspekte

Sie können alles unter drei Aspekten sehen. Unter dem ersten, unter dem zweiten und unter dem dritten.
Mehr gibt es nicht.

Zwanzig nach drei

Der Stationsvorstand ist ein Geschichtenerzähler. Seine Geschichten finden kein Ende, weil er immer wieder vom dröhnenden Gedanken an sein eigenes Ende unterbrochen wird. Dann wird er für lange Zeit sehr still und studiert die Fahrpläne. Seine Station ist die letzte Station vor der Grenze und die erste Station nach der Grenze. Der Stationsvorstand heißt Ladinig. An Ladinigs Station halten täglich vier Züge. Ladinig fertigt sie ab, betrachtet sie, betrachtet die Reisenden, die auf den Gängen stehen und rauchen, in den Abteilen sitzen und schlafen oder in den Abteilen hocken und starren. Entweder sie starren aus den verschmierten Fenstern auf die feuchte Ebene hinaus oder durch ihr Gegenüber hindurch, ohne es zu erkennen. Der Ort, der der Station ihren Namen gibt, sie benennt, liegt weit weg von ihr. Die Bahnreisenden der Ortschaft benützen eine Buslinie, um zu ihrer Bahnstation zu gelangen.

Schüchternheit überfällt Ladinig, als er die Bahnreisenden, viele Pendler und wenige Ausflügler, aus dem Omnibus aussteigen und auf sich zukommen sieht. Gerne würde er ihnen die Geschichte erzählen, die ihm in der Nacht eingefallen ist, aber er würde sich verhaspeln und wieder kein Ende finden, er tritt vor die Tür.

Der Zöllner, der jeden Donnerstag mit dem Fünfzehnuhrzwanzigzug ankommt, ist der einzige Mensch, der fähig ist

Ladinig längere Zeit zuzuhören und seine endlosen Pausen zwischen den wirren, unfertigen Sätzen zu ertragen. Doch ist er wahrscheinlich nur dazu imstande, weil er auf die fünfundvierzigjährige Frau, die das Bahnhofsbuffet bewirtschaftet, warten muß. Während die fünfundvierzigjährige Frau Gläser wäscht, Tische abwischt und leere Flaschen in Kisten räumt, erzählt Ladinig dem Zöllner eine seiner langen Geschichten ohne Ende, in deren Pausen er mit flehenden Augen die Abfahrts- und Ankunftszeiten seiner Züge hinunterliest. Gegen 17 Uhr brechen die fünfundvierzigjährige Frau und der Zöllner dann gemeinsam auf und lassen Ladinig allein zurück. Das Buffet ist geschlossen und wird erst wieder am kommenden Morgen um 6 Uhr aufsperren.
Schon am Dienstag beginnt sich Ladinig auf den Fünfzehnuhrzwanzig am Donnerstag zu freuen, erfindet eine in seinen Augen besonders schöne Geschichte, die er dann mittwochs ausfeilt und die in der Nacht zum Donnerstag ihren letzten Schliff bekommt. Aufgeregt erwartet er den Zöllner, kann seine Ungeduld nur mit Mühe beherrschen, schüchterne Freude erfüllt ihn, wenn er ihn nach kurzem, eiligen Suchen erblickt. So rasch wie möglich fertigt er den Abfahrtfünfzehnuhrzweiundzwanzig ehemals Ankunftfünfzehnuhrzwanzig ab, bläst energisch in seine Signalpfeife und hastet dem Zöllner nach, der ohne auf den Stationsvorstand zu achten, gemächlich ins Buffet gegangen ist. Ladinig lädt den Zöllner regelmäßig auf zwei bis drei Gläser ein, er selbst trinkt Leitungswasser, das er oft vor Aufregung vergißt. An einem der winzigen Espressotische mit Blick auf die Gleise sitzen sie sich dann in ihren Uniformen gegenüber, der Zöllner in seiner Landgrauen mit den roten Borten, der Stationsvorstand in seiner dunkelblauen Vorstandstraumuniform, auf dem

kahlen Schädel die rote Vorstandskappe. Der Zöllner hat seine Kopfbedeckung abgelegt, da er leicht schwitzt. Er nimmt einen Schluck aus dem Glas, das ihm die fünfundvierzigjährige Frau hingestellt hat. Unmittelbar danach beginnt Ladinig zu erzählen. Dieses eilige Ritual des Vorausgehens, Nachhastens, Niedersetzens und ersten Schlucks hat sich im Lauf ihrer bald zehnjährigen Begegnungen gebildet. Stillschweigend und im Grunde seines Herzens verständnislos hat es der Zöllner akzeptiert. Im Folgenden, das heißt, bis kurz vor 17 Uhr, hört er den ihm unverständlichen Erzählungen Ladinigs, die Ladinigs gesamte Existenz ausmachen, zu. Die fünfundvierzigjährige Frau verschwindet dann hin und wieder in der kleinen Küche, aus der man das Klappern von Töpfen, das Rauschen der Wasserleitung, das Schließen von Schränken und Fächern hören kann.
Heute ist Freitag. Ladinig ist vor die Tür getreten und betrachtet die morgendlichen Reisenden, die sich dem Stationsgebäude nähern. Er schaut sich die einzelnen Gesichter genauer an als sonst im täglichen Morgengrauen. Die Gesichter tragen noch den langsam verblassenden Stempel der verschwindenden Nacht. Sie gehen auf die Station zu, um in den anbrechenden Morgen hineinzugehen. Der Stationsvorstand würde sie gern in den Resten der Nacht anhalten und erstarren lassen, dann auf das regungslose Gruppenbild zugehen, sich nicht zu nahe vor die stummen, in ihrer Bewegung unterbrochenen Land- und Stadtmenschen stellen und sie müßten sich seine Geschichte aus der Nacht anhören, die er ihnen leise und eindringlich und ohne zu stocken erzählen würde.
Die Ersten stehen jetzt nah vor ihm und warten, daß er sie vorbeiläßt. Er steht wie erstarrt und scheint sie gar nicht zu bemerken.

»He, Ladinig, schläfst du noch?« ruft einer mit verständnislosem Grundgesicht belustigt und mit aufsteigendem Ärger. Einige lachen gewohnheitsmäßig. Er tritt beiseite.
»Nein, nein, war nur mit meinem Kopf noch woanders!« meint er dabei lächelnd und kommt schon wieder ein wenig ins Stottern.
»Woanders, wo du immer bist!«
Ladinig geht schnell hinter den Schalter und beginnt einigen Wenigen Fahrkarten zu verkaufen. Die meisten besitzen Dauerausweise mit Dauerermäßigungen. Der Frühzug kommt um 6 Uhr einunddreißig an und fährt um 6 Uhr dreiunddreißig ab. So viele kurze Aufenthalte in so vielen langen Zeiträumen, denkt sich Ladinig fast laut, als er auf die große Uhr geschaut hat. Der Morgen schleicht in den Tag. Noch fünf Minuten bis zur Ankunft. Ladinig zählt die Menschen, die den Frühzug erwarten. Nach mehrmaligem Zählen kommt er auf achtzehn Menschen. Das liegt etwas über dem Durchschnitt. Aber heute ist Freitag.
Der gestrige Donnerstagnachmittag, dieser von Stationsvorstand Ladinig herbeigesehnte Donnerstagnachmittag war nicht wie herbeigesehnt verlaufen. Der Fünfzehnuhrzwanzig kam pünktlich um 15 Uhr zwanzig. Auch befand sich der Zöllner unter den Fahrgästen, ging aber nicht wie jeden Donnerstag in Richtung Buffet, sondern seitwärts am Bahnhofsgebäude vorbei in Richtung Bushaltestelle. Ladinig blickte ihm fassungslos nach, hielt alles für einen Irrtum, würgte vor Verwirrung und überfallsartiger Verzweiflung, sah die rundliche Gestalt in der landgrauen Uniform sich rasch entfernen, brachte mit Mühe einen kurzen, zitternden Abfahrtspfiff zustande und raste, nachdem sich der Zug endlich in Bewegung gesetzt hatte, mit wehendem, dunkelblauen Vorstandsum-

hang seinem Zuhörer nach. Der gelbe Autobus, der wie von einem Kind gemalt, langsam die Landstraße vom Hügel hinuntergerollt war, näherte sich der Busstation jetzt ebenso verheerend schnell und unaufhaltsam wie in einem Werbefilm für Lastkraftwagen. Ladinig blieb stehen. Stand still. Es war so schnell gegangen, daß er es kaum hatte wahrnehmen können, der Bus hatte gehalten, die Wartenden waren eingestiegen, die Türen hatten sich geschlossen. Gelber und dröhnender als zuvor fuhr er dem nächsten Hügel entgegen, an einem Gehöft vorbei. Ladinig sah ihm nach wie etwas für immer Gegangenen. Die Landstraße war eine Paßstraße, der sanft geschwungene Hügel ein Gebirge, der gelbe Autobus ein fernes Ohr geworden. Unerreichbar. Langsam drehte er sich um, schleppte sich zu seiner Station zurück.

Als er sie erreicht hatte, betätigte er mit schweren Händen die halbautomatische Weichenanlage, trug seine kurze Entfernung von der Station in das Registrierbuch ein, nahm alle Schuld auf sich und ging durch die Diensttür zum Buffet. Die fünfundvierzigjährige Frau schaute kurz auf und schien zu lächeln, aber er wußte nicht, ob er sich das einbildete. In den ganzen Jahren ihrer Buffetbekanntschaft schien sie gerade ihn niemals angelächelt zu haben. Der Raum war leer bis auf die Maria, die alte Magd von dem Gehöft unweit der Station, an dem der gelbe Postautobus vorbeigefahren war, und an dem er immer vorbeifuhr, aber das hatte Ladinig nie gesehen. Die Maria gehörte zum Inventar, sie saß fast immer hier, betrank sich und ließ alle in Ruhe. Der Stationsvorstand hatte große Mühe zu sprechen, doch er bezwang den Gedanken an seine Todeszeit wie ein Hindernis auf einem Weg im Traum, das man beiseite schiebt, vorübergehend. Auf die Frage, ob der Zöllner heute noch käme, antwortete ihm die fünfundvierzigjährige Frau, sie wisse es nicht, aber sie glaube nicht, denn er sei versetzt worden. In eine andere Stadt, an eine andere Grenze.

»Diese lächerlichen anderthalb Stunden«, dachte der Stationsvorstand Ladinig mit lauter Stimme, »diese lächerlichen anderthalb Stunden will man mir auch noch wegnehmen!«

Die fünfundvierzigjährige Frau sah ihn ohne Verwunderung, ohne Verachtung, aber auch ohne Mitleid an. Dann – wann war das? – sagte sie nur: »In das Haus hinein und aus dem Haus hinaus.«

Er sah unverwandt auf die Ankunfts- und Abfahrtszeiten: 6 Uhr einunddreißig und 6 Uhr dreiunddreißig, 12 Uhr vierzig und 12 Uhr dreiundvierzig, 15 Uhr zwanzig und 15 Uhr zweiundzwanzig, 18 Uhr fünfundvierzig und 18 Uhr sechsundvierzig.

15 Uhr zwanzig war eine Ankunftszeit, ja, natürlich, eine Ankunftszeit, doch für Ladinig war es immer eine Abfahrtszeit gewesen, der Stationsvorstand Ladinig wußte, daß der Zug um 15 Uhr zwanzig ankommt, ankommen muß, und erst um 15 Uhr zweiundzwanzig abfährt, abfahren muß, der Geschichtenerzähler Ladinig kannte das alles nur vom Hörensagen, das einzige, was ihn in diesem Zusammenhang interessierte, war, daß 15 Uhr zwanzig eine Abfahrtszeit, eine Aufbruchszeit, eine Uhrzeit für seine Hoffnung war, manchmal reichte es sogar für eine anderthalbstündige Rettung.

Hatte es gereicht, hatte es gereicht.

Natürlich wußte er, daß ihm der Zöllner nur aus Langeweile zugehört hatte und weil ihm ein paar Gläschen spendiert worden waren. Natürlich wußte er das. Es war nicht weiter wichtig. Natürlich wußte er, daß seine Erzählungen und Geschichten für den Zöllner unverständlich waren und ihm

auch nicht daran gelegen war sie zu verstehen. Insgeheim war Ladinig sogar froh darüber, daß er sie nicht verstand und nicht verstehen wollte. Es machte ihn freier, unbekümmerter und erfindungsreicher. Doch war der Zöllner – bei allem Unverständnis – kein beschränkter, stumpfer Mensch, wie man ihn so oft bei Zöllnern antrifft, sondern ein eigenwilliger, wacher Mann, der durchaus die Merkwürdigkeiten entdecken oder beobachten konnte, kleine Brüche und Unebenheiten, Linien und Schatten, die für Sekunden über ein Gesicht ziehen und anderen oft verwehrt bleiben. Vieles verstand er auch in diesen Gesichtern nicht, doch zumindest nahmen die Besonderheiten und auch Absonderlichkeiten mancher Existenzen ihn für sie ein. Das war viel. Und so hatten ihn auch am Stationsvorstand dessen Fiebrigkeit, dieser gejagte Glanz in seinen Augen nicht angezogen oder gar begeistert, aber doch aufmerksam und hellhörig für diese Existenz an der Bahnlinie gemacht.
Er war Ladinigs Zuhörer geworden, obwohl er seine Geschichten, wenn er ihnen überhaupt einigermaßen folgen konnte, nicht verstand, obwohl sie ihn tatsächlich langweilten und er viel lieber früher mit der fünfundvierzigjährigen Frau in ihr Bett gegangen wäre. Er war sein Zuhörer geworden, ohne es zunächst zu wollen und zu merken, und als er es bemerkte, machte es ihm nichts aus und für einen längeren Augenblick verstand er. Nicht Ladinigs Geschichten, die verstand er weiter nicht, sondern seine Rolle, die hatte er verstanden, und deshalb hörte er weiter zu. Das meiste davon wußte Ladinig oder er ahnte es zumindest. Vielleicht kannte er einige Details nicht, aber der große Rahmen war ihm vertraut. Was er jedoch nicht wußte, war, daß der Zöllner in seine Pausen hineinzuhören versuchte, in diese manchmal

unendlich langen Pausen, in denen Ladinig mit abwesendem Gesicht unablässig die Fahrpläne studierte und seine gesamte Existenz stehenzubleiben schien. In diesen Pausen sah der Stationsvorstand den Fahrplan meist in der Form eines Kreuzes, und diese aufdringliche Symbolik ließ ihn vollends verstummen.

»An Lichtmeß wird das Gesinde gewechselt.« Maria hatte nicht laut, doch vernehmlich in den leeren Buffetraum gesprochen, den jetzt das Zwielicht beherrschte. Dieser Satz riß ihn nicht aus seinen trübsinnigen Gedanken, aber er unterbrach sie und führte ihn in eine sanftere Gegend seines Kopfes.

Die fünfundvierzigjährige Frau war in der Küche verschwunden, aus der jetzt künstliches Licht fiel, Maria war ein wenig in sich zusammengesunken, ein Außenstehender hätte es kaum bemerkt, aber alle, die sie kannten, wußten, daß es das sichere Zeichen für ihre absolute Volltrunkenheit war. Sehr bald würde sie leicht hinauswanken, nur leicht, sie war eine perfektionierte Trinkerin.

»An Lichtmeß wird das Gesinde gewechselt«, war der Zöllner deshalb versetzt worden? Doch warum sollte die Zollbehörde einer alten Bauernregel folgen? Und warum wurde ein über Fünfzigjähriger versetzt? Brauchte man ihn woanders so dringend oder wollte man ihn hier auf jeden Fall loswerden? Hatte er um seine Versetzung ersucht? Sehr viel weitere Möglichkeiten gab es nicht.

Maria schwankte in die feuchte Dämmerung hinaus. Bald war es fünf Uhr. Nachdem er auf die Uhr gesehen hatte, fiel sein Blick automatisch auf den Fahrplan, der sich augenblicklich wieder zu einem Kreuz zusammenzuziehen begann. Schnell rief er nach der fünfundvierzigjährigen Frau und bat

sie um einen dreifachen Weinbrand. Mit leichter Verwunderung schenkte sie das bauchige, mit einer Weinbrandreklame bedruckte Glas bis über die Hälfte voll.
»Soll ich bei dir bleiben, heute nacht?« fragte sie ihn mit kühler Stimme und abgewandtem Gesicht, als er den Weinbrand hinuntergestürzt hatte. Er sah sie an, starrte in ihr Gesicht, sah die vollen, fleischigen Lippen, die rötlich glänzende Haut, eine leicht poröse, große Nase, die grünlichen Augen mit einem Zug ins Graue, ihren fragenden – oder eher forschenden – Blick, er wußte ihn nicht zu deuten, vielleicht war es einfach ein geiler Blick, er sah das Muttermal auf ihrem Hals, ihre vollen Brüste.
Ihr Blick sprang ihn an, er ließ das Glas auf den Boden fallen und rannte davon, riß die kleinen Tischchen und die wackligen Stühle mit sich, erreichte den Ausgang, verhedderte sich in seinem Vorstandsumhang, stand endlich draußen auf dem Bahnsteig, wo er nur noch das gellende, dreckige Lachen, das sie ihm nachgeschickt hatte, hörte.
Anschließend war er durch die Bahnhofswälder geirrt – sie sind Eigentum der staatlichen Eisenbahngesellschaft und sollen bald Platz für eine ihrer neuen Strecken machen, ein Teil der Trasse ist schon in Arbeit – dabei verlor er seine Signalpfeife, die er seit elf Jahren, seit er zum Stationsvorstand befördert worden war, an einer versilberten Kette am Revers der Vorstandsuniform trug. Ein unersetzlicher Verlust, der ihn halb wahnsinnig machte, obwohl er eine Ersatzsignalpfeife besaß, die seit elf Jahren in einer Schreibtischschublade im Dienstraum lag. Kurz vor halb sieben erreichte er die Station wieder. Es kam ihm vor, als wäre er stundenlang durch die Bahnhofswälder geirrt, denn Armbanduhr besaß er keine, da er sich ausschließlich nach der Bahnhofsuhr rich-

tete, sie war seine innere Uhr, hätte er das erzählt, es hätte niemand geglaubt.
Noch eine Viertelstunde bis zum Achtzehnuhrfünfundvierzig. Der Buffetraum lag im Dunkeln. Auf dem Bahnsteig standen zwei Landarbeiter und unterhielten sich mit ihren lauten Stimmen über die Steuerabgaben, beachteten ihn nicht weiter, wie er ratlos und erschöpft vor der gläsernen Tür zum Dienstraum stand, unentschlossen, ob er den Schlüssel jetzt ins Schloß stecken sollte oder nicht, nur warfen sie ihm diese kurzen, ländlichen Blicke zu, in die man alles und nichts hineinlegen konnte.
Er drehte den Schlüssel um, zögerte, drückte die Klinke, betrat seinen Dienstraum. Aus einem hinteren Winkel der linken Schreibtischschublade holte er die dienstliche Ersatzsignalpfeife, die dort seit elf Jahren in eine Serviette gewickelt ihren Platz gehabt hatte. Er wischte sich den Schweiß von Stirn und Nase und versuchte zu pfeifen, kurz und zaghaft. Tatsächlich funktionierte sie noch, doch das tröstete ihn über den Verlust seiner Hauptpfeife samt versilberter Kette nicht hinweg. An einem einzigen Nachmittag hatte er seinen Zuhörer und seine Hauptsignalpfeife verloren, die ihn beide über so lange Zeit begleitet hatten. Ladinig entdeckte, daß er über den Verlust der Signalpfeife den Weggang – so endgültig war es also schon? – des Zöllners fast vergessen hatte. Wenn er ehrlich war, hatte er ihn vorübergehend völlig vergessen. Diese nicht wegzuleugnende Tatsache hellte ihn auf und machte ihn nachdenklich, auf den Nachmittag zurückblickend kam er sich eine Spur lächerlich vor.
Gleich vierundvierzig. Der Stationsvorstand schob seine vermeintliche Lächerlichkeit beiseite, betätigte die Regler, machte eine Lautsprecherdurchsage und ging nach einem

langen Blick in den Spiegel – er fand dabei nichts an sich – hinaus auf den zugigen Bahnsteig. Wie oft hatte er sich sogar im Sommer durch den Zug, der durch das Öffnen und Zufallen der Schwingtüren zum Wartesaal entstand, einen Schnupfen geholt. Heute abend war es naß und kalt, durchaus möglich, dachte er ärgerlich, daß er morgen, wenn er dann noch lebte, wieder einen Schnupfen hatte. Warum dachte er auf einmal solche Sachen? Er erschrak, denn sein Tod war ihm durch den Kopf gegangen wie eine Verabredung. Der Fünfundvierzig fuhr ein. Er war das, was man als leer bezeichnen konnte. Die beiden Landarbeiter stiegen ein, Ladinig pfiff, der Sechsundvierzig fuhr an. Jetzt hatte Ladinig Zeit bis morgen früh.

Als er im Wartesaal das Licht löschte und beiläufig aus dem Fenster blickte, war es schon lange zu spät. Der kleine, zusammengekrümmte Körper – zuerst hatte er an einen Sack, dann an ein Tier gedacht – lag am Straßenrand, ein paar Meter von der Laterne, deren spärliches Licht auf die feuchte Straße fiel.

Gegen fünf hatte sie das Buffet verlassen, entweder war es auf dem Heimweg geschehen, was ihm wahrscheinlich vorkam, oder sie wollte noch einmal zurückkehren, was er für unwahrscheinlich hielt. Vermißt hatte sie bisher niemand, es gab auch niemand. Entweder war sie am Herz- oder am Gehirnschlag gestorben, oder eines dieser plötzlich aus der Dunkelheit hervorschießenden Fahrzeuge ohne Licht oder mit aufgeblendeten Scheinwerfern hatte sie überrascht. Während er sich über die Tote beugte, stellte er sich die Frage, ob man nach einem unnatürlichen Tod natürlich daliegt und umgekehrt. Sie lag für seine Begriffe von natürlichem Daliegen ausgesprochen unnatürlich am Rand des Straßenbelags. Aber er kannte sich da nicht aus. Nachdem er die zuständigen Stellen telefonisch informiert hatte, nachdem Landpolizei, Arzt und schließlich auch ein Krankenwagen eingetroffen waren, nachdem er die nötigen Fragen beantwortet und die nötigen Formulare ausgefüllt und unterschrieben hatte, nachdem sie die tote Maria im Krankenwagen weggebracht hatten, nachdem alles wieder still war, schloß er seinen Bahnhof ab und ging nach Hause.

Sein kleines Haus empfand er nicht als Zuhause. Als Zuhause empfand er seinen Bahnhof. Doch auch sein Bahnhof war ihm bei aller Zuneigung kein wirkliches, kein ganzes Zuhause. Zuhause war er nur in seinen Geschichten, aber nicht in jeder. Geboren war er – vor Urzeiten, wie ihm schien – in Westböhmen, doch schon als Kind in diese Gegend gekommen. Aber nicht in diese Gegend hineingeboren, wie er sich auszudrücken pflegte. Nicht hineingeboren, hatte er oft zum Zöllner gesagt und dann lange auf die Fahrpläne gestarrt, die sich zu einem Kreuz verformt hatten.

Sein kleines Häuschen war ein hölzernes Blockhaus, wie man sie früher nur in Kanada oder Finnland antraf, von Fischern, Jägern und überlasteten Managern bewohnt und die heute in jedem zweiten Vorgarten zu sehen sind. Es lag versteckt und abseits auf einer Waldlichtung, zwei Gehminuten von der Station entfernt. Er benützte es nur zum Schlafen. An diesem Abend legte er sich sofort ins Bett, dachte an die Maria und daß an Lichtmeß das Gesinde gewechselt wird. Dann schlief er ein und träumte von den Geistern der Lebendigen und der Toten.

Kurz vor zwanzig nach drei Uhr morgens wachte er von einem Traum gepeinigt auf. Sein Vater, von dem er so gut wie nie träumte und der seit mehr als zwanzig Jahren tot war, hatte ihm die versilberte Kette mit der Signalpfeife vom Revers seines dunkelblauen Vorstandsumhangs gerissen und ihm mehrere Stücke zähes Weißbrot in den Mund gestopft, die sich, während er widerwillig darauf herumkaute, in zähes, bestialisch schmeckendes rohes Fleisch verwandelten, als er das Fleisch auf den Boden spuckte, schwamm es zuckend in seinem Blut davon, er rutschte darauf aus, fiel lange Zeit zu Boden ...

Er hatte das Nachtlicht angeschaltet, lag ungemütlich unter der Decke, hing seinem eindeutigen Traum nach und versuchte ihn gleichzeitig zu vergessen, als er ein Geräusch am Fenster hörte, das wie ein zaghaftes Klopfen klang.

Draußen stand der Zöllner, ein kleines Paket unterm Arm, und bedeutete ihm, er möge ihn ins Haus lassen. Der Zöllner war aufgeregt, übertrieben höflich und redete, was er nie getan hatte, unentwegt. Ladinig hörte ihm stumm zu. Der Zöllner sprach von seiner Versetzung, von einer letzten Chance, von seinem Alter und vom Süden, von Frauen und Männern und den damit verbundenen Komplikationen und von einem Geschenk für den Stationsvorstand. Ladinig gab sich überrascht und erstaunt, als ihm der Zöllner das kleine Paket reichte, das die ganze Zeit über vor den beiden Männern auf dem Tisch gelegen war, in einfaches, weißes Packpapier eingewickelt, an den Ecken von klebenden Streifen festgehalten.

»Öffnen Sie es nicht!« sagte der Zöllner. »Öffnen Sie es niemals, aber heben Sie es gut auf, es gehört Ihnen!«

Ladinig war nicht neugierig. Die ganze Gestalt des Zöllners stieß ihn jetzt ab, diese schweißdurchtränkten, dünnen, schwarzgrauen Haare, der ängstlich unverschämte Gesichtsausdruck, der seine gesamte Geisteshaltung widerspiegelte.

Das ständige, penetrant triumphierende Lächeln, das seine Lippen umspielte, weil er glaubte, eine Entscheidung für sein Leben getroffen zu haben. Dieses geheimnisvolle Gerede, das ihn geheimnislos und grenzenlos langweilig machte. Der Stationsvorstand bereute es jetzt zutiefst, sich ihm jemals anvertraut zu haben, ihn jahrelang an seinem Zuhause hatte teilhaben lassen. Er fühlte sich gedemütigt und getäuscht, wußte aber zugleich, daß er dem Zöllner jetzt überlegen war. Er war nicht auf Kampf aus, nicht auf Sieg, sondern für klare Verhältnisse, die mit Ordnung nichts zu tun hatten.
Es ging auf vier. Ladinig überlegte nur sehr kurz. Er wußte, lange Überlegungen waren hier schädlich. Er stand auf und lud den Zölner zu einem, wie er sich ausdrückte, Abschiedsschluck ein. Freudig einverstanden nickte der Zöllner. Dann brachte Ladinig Flasche und Gläser. Sie prosteten sich zu. Ladinig ging in den kleinen Vorraum. Während sich der Zöllner nachschenkte, prüfte der Stationsvorstand die Klinge der Axt, die er zum Holzhacken brauchte. Er trat wieder ins Zimmer und dachte an die Geschichte, die ihm gerade eingefallen war. Die Geschichte einer Axt, die viel herumkommt. Einen Titel hatte er auch schon: Die Weihnachtsaxt. Mit einem Hieb spaltete er den Zöllnerschädel. Ort der Geschichte. Eine Minute nach vier. Um sechs begann sein Dienst. Zeit.
Sechs Uhr einunddreißig. Pünktlich fährt der Frühzug ein. Die Fahrgäste lassen sich in den Abteilen nieder, ein Sonnenstrahl fällt auf das dunkelblaue Tuch von Ladinigs Umhang, in diesem Augenblick sieht er aus, als käme er aus Nordengland. Er gibt das Signal, er sieht dem Zug nach, stellt die halbautomatische Weichenanlage, telefoniert zur nächsten Station, trägt ins Registrierbuch ein.
Es ist doch besser, daß er niemandem seine kleine Nacht-

geschichte erzählt hat, sagt er sich. Diese kleinen Anflüge von Mitteilungswahn. »Keinem Menschen, hörst du Ladinig, keinem Menschen!« denkt er sich dauernd vor.
Im Buffet ist es still wie immer. Er bestellt einen Kaffee bei der fünfundvierzigjährigen Frau. Sie sehen sich nicht an und sprechen nur das Allernotwendigste.
Sie hat das Gesicht einer Schlafenden. Nie war ihm das vorher aufgefallen. Einer unruhig, gequält Schlafenden. Er beobachtet sie aus den Augenwinkeln. Dann schüttet er den Kaffee um. Sie tut so, als hätte sie nichts gemerkt, während der Kaffee vom Tisch auf den Boden tropft. Der Stationsvorstand bringt die Tasse zur Theke und legt eine Münze auf die Aluminiumfläche. Dabei sieht er, daß die fünfundvierzigjährige Frau weint oder geweint hat. Rasch verläßt er den Raum.
Heute ist sein letzter Tag, er weiß das. Aber da er, seit er sich erinnern kann, alles, tatsächlich alles, Kleinigkeiten, Winzigkeiten immer im Licht des Abschieds gesehen hat, Stunden und Tage, Aufenthalte, Orte, findet er den heutigen Tag nicht bedeutungsvoller als den gestrigen. Oder doch? Er hört sich schwerer atmen. Ist es doch nicht so einfach, Abschied zu nehmen, selbst wenn man es ein Leben geübt hat? Er schaut in den Spiegel und kämmt die verbliebenen Haare.
Der Mittagszug ist bereits eine Erinnerung, obwohl er ihn so vollendet abfertigt wie nie zuvor.
Kurz nach eins nimmt er im Buffet einen dreifachen Weinbrand zu sich. Während er die Flüssigkeit in kleinen Schlukken hineinschlürft, sieht er sich mit den Augen der fünfundvierzigjährigen Frau. In ihrem Blick liegen Verachtung und Liebe eng beisammen. Er hat sich schon immer lieber mit den Augen der anderen als mit seinen eigenen gesehen. Der Stationsvorstand verabschiedet sich von der fünfundvierzigjäh-

rigen Frau mit den Worten: »Muß ins Haus hinaus.« Es klingt, als meine er seine nächste Arbeit. Noch einmal sieht er auf die Fahrpläne, heute bleiben sie ruhig. Er steht schon vor der Tür.

Im kühlen Vorfrühlingslicht geht er auf die Bahnhofswälder zu. Der Stationsvorstand riskiert einen kurzen Blick zurück auf seinen kleinen, gelbgestrichenen Bahnhof, der mit seinem roten Dach, mit dem Kamin, aus dem ein blaugrauer Rauch aufsteigt, mit dem Verladebahnhof vis-à-vis, der etwas größer als ein Hühnerstall ist, wie aus einem Bilderbuch in der weichen Landschaft liegt. War das jetzt sein letzter Blick darauf? Sein Abschiedsblick? Er bleibt stehen. Hier vom Hügel aus stellt sich sein letzter Tag anders dar. Hier könnte er rein theoretisch auch der vorletzte sein, oder der vorvorletzte ... Ladinig ekelt sich vor seiner aufkeimenden Hoffnung. Es war klar gewesen, bereits entschieden und einfach. Jetzt ist es unklar und unendlich schwer. Ladinig setzt sich ins nasse Gras. Eine Erkältung hilft einem immer weiter. Dieser Tag war bereits eine verblassende Erinnerung gewesen, ein Schatten seiner selbst, jetzt umgibt und umfängt er schmeichelnd den Stationsvorstand mit aller Kraft, die nur die Vergänglichkeit besitzt. Ächzend und leise lachend erhebt sich Ladinig. Er betrachtet seinen Bahnhof wie ein Kind sein Spielzeug, dann schießt er mit der Dienstpistole des Zöllners so lange in den Vorfrühlingshimmel, bis das Magazin leer ist. Es ist kurz vor drei, spätestens um zwanzig nach muß er am Bahnhof sein.

Wenn ich heute sterbe, wird man eine natürliche Todesursache feststellen, denkt er sich beim Hinuntergehen.

Inhalt

Clemens Eich

Aufstehn und gehn
Gedichte
Fischer Taschenbuch Band 2316

Ausgezeichnet mit dem
»Förderpreis der Stadt Mannheim für junge Künstler« 1980

»In dieser Haltung, das Pensum bitterböse und ad absurdum geführt weiterzugeben, äußert sich auch Widerstand und Protest: ›Aufstehn und gehn‹ ist ein Akt der Weigerung, ist Äußerung des Willens, nicht und nicht mehr mitzumachen. Der Haltung entspricht die Sprache des jungen Autors. Sie ist bald unpathetisch, lapidar, bald abenteuerlich bunt und malerisch . . .«
Heinz F. Schafroth in »Die Weltwoche«

»Foucault ist der Meinung, die Rede habe die Macht, den schon abgeschickten Pfeil aufzuhalten. Clemens Eichs Gedichte geben Anlaß solcher Reflexion, und womöglich haben sie auch etwas von dieser Macht – für den Autor, aber auch für den einen oder anderen seiner Leser.«
Harald Hartung im »Deutschlandfunk«

Collection S. Fischer
Fischer Taschenbuch Verlag